诗人散文丛书

1941年夏天的火星

王家新◎著

花山文艺出版社
河北·石家庄

图书在版编目（CIP）数据

1941年夏天的火星 / 王家新著．—石家庄:花山文艺出版社，2020.1（2020.4 重印）
（“诗人散文”丛书）
ISBN 978-7-5511-4968-6
Ⅰ.①1… Ⅱ.①王… Ⅲ.①散文集－中国－当代 Ⅳ.①I267
中国版本图书馆CIP数据核字(2019)第201639号

策　　划：曹征平　郝建国

丛 书 名：“诗人散文”丛书
主　　编：霍俊明　商　震
书　　名：1941年夏天的火星
1941 Nian Xiatian De Huoxing
著　　者：王家新

责任编辑：王玉晓　李倩迪
责任校对：李　伟
装帧设计：王爱芹
美术编辑：胡彤亮
出版发行：花山文艺出版社（邮政编码：050061）
（河北省石家庄市友谊北大街330号）
销售热线：0311-88643221 / 34
传　　真：0311-88643235
印　　刷：石家庄众旺彩印有限公司
经　　销：新华书店
开　　本：880mm×1230mm　1 / 32
印　　张：6.625
字　　数：125千字
版　　次：2020年1月第1版
2020年4月第2次印刷
书　　号：ISBN 978-7-5511-4968-6
定　　价：40.00元

总　　序

◎ 霍俊明

已经记不得是在北京还是石家庄，也忘了谈了几次，反正建国兄和我第一次提起要策划出版“诗人散文”系列图书的时候，我就没有半点儿犹豫——这事值得做。而擅长写作散文的商震兄对此更是没有异议，在石家庄的一个宾馆里，他一边吸着烟一边谈论着编选的细节。

“诗人散文”是一种处于隐蔽状态的写作，也是一直被忽视的写作传统。

美国桂冠诗人、1987年诺贝尔文学奖获得者约瑟夫·布罗茨基有一篇广为人知的文章《诗人与散文》，我第一次读到的时候印象最深的是如下这句话：“谁也不知道诗人转写散文给诗歌带来了多大的损失；不过有一点却是可以肯定的，也即散文因此大受裨益。”此文其他的内容就不多说了，很值得诗人们深入读读。

收入此次“诗人散文”第一季的本来是八个人，可惜朵渔的那一本因为一些原因最终未能出版，殊为遗憾，再次向朵渔兄表达歉意。其间，我也曾向一些诗人约稿，但因为一些主客观原因，最终与大家见面的是翟永明、王家新、大解、商震、张执浩、雷平阳和我。

在我看来，“诗人散文”是一个特殊而充满了可能性的文体，并非等同于“诗人的散文”“诗人写的散文”，或者说并不是“诗人”那里次于“诗歌”的二等属性的文体——因为从常理看来一个诗人的第一要义自然是写诗，然后才是其他的。这样，“散文”就成了等而下之的“诗歌”的下脚料和衍生品。

那么，真实的情况是这样的吗？

肯定不是。

与此同时，诗人写作散文也不是为了展示具备写作“跨文体”的能力。

我们还有必要把“诗人散文”和一般作家写的散文区别开来。这样说只是为了强调“诗人散文”的特殊性，而并非意味着这是没有问题的特殊飞地。

在我们的文学胃口被不断败坏，沮丧的阅读经验一再上演时，是否存在着散文的“新因子”？看看时下的某些散文吧——琐碎的世故、温情的自欺、文化的贩卖、历史的解说词、道德化的仿品、思想的余唾、专断的民粹、低级的励志、作料过期的心灵鸡汤……由此，我所指认的“诗人散文”正是为了强化散文同样应该具备写作难度和精神难度。

诗人的散文必须是和他的诗具有同等的重要性，而不是非此即彼的相互替代，两者都具有诗学的合法性和独立品质。至于诗人为什么要写作散文，其最终动因在于他能够在散文的表达中找到不属于或不同于诗歌的东西。这一点至关重要。这也正是我们今天着意强调“诗人散文”作为一种不同于一般意义上的散文的特质和必要性。

诗人身份和散文写作两者之间是双向往返和彼此借重的关系。这也是对散文惯有界限、分野的重新思考。“诗人散文”在内质和边界上都更为自由也更为开放，自然也更能凸显一个诗人精神肖像的多样性。

应该注意到很多的“诗人散文”具有“反散文”的特征，而“反散文”无疑是另一种“返回散文”的有效途径。这正是“诗人散文”的活力和有效性所在，比如“不可被散文消解的诗性”“一个词在上下文中的特殊重力”，比如“专注的思考”、对“不言而喻的东西的省略”以及对“兴奋心情下潜存的危险”的警惕和自省。

我们还看到一个趋势，在一部分诗人那里，诗歌渐渐写不动了，反而散文甚至小说写得越来越起劲儿。那么，这说明了什么？说明他已经不再是一个诗人了吗？说明散文真的是一种“老年文体”吗？对此，我更想听听大家的看法。

我期待着花山文艺出版社能够将“诗人散文”这一出版计划继续实施下去，让更多的“诗人散文”与读者朋友们见面。

2019年秋于八里庄鲁院

目　录

CONTENTS

我的“第二自我”①

谢谢未名诗歌节的邀请。这次诗歌节的主题“第二自我”挺好，很能激发我们的想象力。实际上，我们也都不可能孤立地存在。我们总是处在一种与他者的深刻关联中，如按巴赫金的说法，甚至连我们的自我，也是一个“来自他者的礼物”。

下面我要讲的，正如一些朋友猜测的，正是策兰。从1991年秋冬到现在，我阅读、翻译和研究这位诗人已有二十年了。我不能说他就是我的“第二自我”，但很多时候他却“占据”了我的整个存在。要想抗拒这样一种吸力，对我来说也很难。这也就是多多有一次对我讲的：“你以为是你要翻译策兰吗？是他要你翻译他！”

还是让我举点儿例证，或是给出一些线索。去年年末，有一位长期遭受磨难的诗人朋友离开了我们，他的离去使我深感悲痛。为悼念这位亡友，在他逝世后“头七”的那一天，我特意翻译了策兰的一首诗《安息日》。我们知道，策兰是犹太

① 本文为2011年4月13日作者在北京大学未名诗歌节上的讲谈。

民族苦难的见证者和哀悼者，他的许多诗就是哀悼那些牺牲者的，纵然这是一种“不可能的哀悼”。以下是我对策兰这首诗的翻译：

安　息　日

在一条线上，在
那唯一的
线上，在那上面
你纺着——被它
绕着纺进
自由，绕着
纺进束缚。

巨硕的
纺锤站立
进入荒地，树林：来自于
地下，一道光
编入空气的
垫席，而你摆出餐具，为那些
空椅子，和它们
安息日的光辉——

在屈身之中。

说来也是，这首诗好像一直在等待着我似的。在这之前，我译过策兰二三百首诗（策兰一生至少写有七百多首诗），但我并未留意到这首诗。在我想到要为亡友的“头七”写点儿什么而难以入眠时，我翻开约翰·费尔斯蒂纳编译的一本策兰诗文选，它一下子就出现了——它就这样为我出现了！

这真的使我深感惊异。

使我惊异的还在后面。今年3月，因为我的德文诗集出版，我受邀到德国莱比锡和柏林等地朗诵。在莱比锡地图上，我看见标有“莱比锡犹太纪念教堂”的标志，就很想去看看。但一到那里，还没有走近，我就被震动了：那个犹太教堂已不存在，它早在1938年11月9日“水晶之夜”里被纳粹分子焚毁，在这个废址上，只摆有上百把铜铸的空椅子，像是一场无声的哀悼仪式。

那一刻我在想，这不就是策兰的诗吗？这不就是策兰的诗在等着我吗？

也正是在那一刻，我更加明白了：我翻译策兰，就是为了这些空椅子和它们安息日的光辉——并且，是“在屈身之中”！

讲到这里，我还得谈谈对《安息日》一诗的具体翻译。对策兰的翻译，我其实一直是很严谨的，我要尽可能地达成“精确”，但对这首诗的结尾，我有很大变动。这首诗的结尾一句德文原诗为“Zu Ehren”（其英译为“In honor”），本来应译为“在尊敬之中”或“在荣耀之中”。但如果按字面这样来译，我感到其分量和质感都不够，也压不住全诗。我琢磨再三，最后，几乎是在突然间，把它译成了“在屈身之中”。这样来改变，连我自己也有点儿惊异。我当时甚至想，策兰会同意这样来译吗？但我就这样译了，因为这是另一种忠实。我们来体会一下“在屈身之中”，这里有一种身体的姿势——或是出于尊敬，或是由于悲痛而弯下身来。这样来译，不仅有一种语言的质地和张力，其实也更深刻地表达出原诗中的和我自己的哀悼之情。的确，我们只有“在屈身之中”，才对得起那些受难者的在天之灵！

诗的翻译不是简单的语言转换。在我认同的翻译那里，都体现了对忠实的追求与创造性之间的张力关系。我与我翻译的策兰，就处在这个充满张力的领域。这是一种“必要的张力”，否则，不仅对不起策兰，也对不起我们自己的汉语。这种“冒险”，这种艰巨的翻译劳作，使我想起了策兰自己的一句诗：“一条弓弦／把它的苦痛张在你们之中。”（《里昂，弓箭手》）

的确，我翻译策兰如此，我翻译茨维塔耶娃也如此。一次又一次，我所投入的翻译把它的“弓弦”张在了我与我的翻译对象之间，或者说，张在了“我与你”之间。

大家可能注意到了，这里所说的“我与你”，和德国犹太裔宗教思想家马丁·布伯有关。在马丁·布伯看来，真正的人生皆是相遇。只有在“我与你”中才有真正的相遇、到场和交流。策兰就很受马丁·布伯的影响，他曾记下他的这句话：“灵魂不在‘我’之中，而在‘我’与‘你’之间。”

从这个意义上，我们从事翻译，也就是为了创建一种“我与你”的相互对话和辨认关系，就是为了接近并显现“我与你”之间的这个灵魂。

近些年来，有不少读者和诗人期待我能够不断带来一些新的翻译，但也有朋友因为我“转向翻译”写诗少了而遗憾。我没有什么遗憾的。翻译的确是一种“牺牲”，但这却是必须的，而且我也相信我会通过翻译重新找回我自己。策兰早年在给巴赫曼的信中曾这样说：“存在，是的，我们可以——为了相互存在。”我愿把这句话引入到翻译的领域。让策兰这样一位诗人在汉语中“存在”，永久地存在，这就是我要做的一切。不仅如此，我们自己也会因为这种翻译而深化、扩展，甚至刷新自身的存在。

因此，无论是诗的翻译，还是自我与他者，到最后在我这里都会是这样一句话：“存在——为了相互存在！”

2011年4月13日

“永存我的话语”
——彼得堡诗歌记行

对我来说，圣彼得堡是普希金的彼得堡、果戈里和陀思妥耶夫斯基的彼得堡，更是20世纪俄罗斯白银时代伟大诗人阿赫玛托娃、曼德尔施塔姆的彼得堡。

因此一到彼得堡，我第一个想去访问的，就是阿赫玛托娃纪念馆。

阿赫玛托娃（1889～1966），生于敖德萨，十一岁时随全家搬往彼得堡，就读于皇村中学。1910年与诗人古米廖夫结婚，并成为“阿克梅”派代表性诗人之一。诗人的早期诗以简约克制的形式，坦露复杂而微妙的内心情感，深受广大读者喜爱。有人说，即使在此后阿赫玛托娃不再写作，她依然会是俄国20世纪最优秀的诗人之一。

但阿赫玛托娃却不是那种昙花一现的诗人，她注定要被诗歌“留下来”，以完成一种更艰难，也更光辉的命运。阿赫玛托娃纪念馆就为人们展现了诗人中后期那令人感叹而又惊异的人生。

诗人是在20世纪20年代中期搬进这套被称为“喷泉屋”的公寓并与艺术批评家尼古拉·普宁同居的。“喷泉屋”本为18世纪舍列梅捷夫宫的偏所，诗人的寓所就处在四层上。一踏上通向它的曲折楼道，我就想起了诗人自己的一节诗：

> 对你，俄语有点儿不够，
> 而在所有其他语言中你最想
> 知道的，是上升与下降如何急转，
> 以及我们会为恐惧，还有良心
> 付出多少代价。

而这，不仅是这位“说俄语的女但丁”的命运写照，也是我们中国诗人为什么会深受其吸引的根本原因。正是在这里，诗人在沉默近十年后又开始了创作，诗风愈加简练、凝重，开始承担起历史赋予的重量。1940年前后，她冒着巨大风险写下以儿子被捕、监禁为题材的长诗《安魂曲》（生前未能公开问世）；1946年受到粗暴批判，被开除出作协；此后在艰难环境下默默写作《没有英雄的叙事诗》，成为她一生的艺术总结，据说索尔仁尼琴当年曾把这部长诗全部手抄了一遍！

在诗人纪念馆，从一个房间到另一个房间，我满怀激动地观看着［“而裙子窸窸窣窣，方格地毯，／胡桃木框的镜子，／卡列尼娜式的美令人惊叹……”（阿赫玛托娃：《北方哀歌》）］。从餐厅里一直摆放的普希金画像，到起居室里那面绿色的大立镜——那些“来自未来的客人”，如以赛亚·伯林、布罗茨基，等等，甚至《没有英雄的叙事诗》中的那些亡灵，就曾一一出现在这面镜子里。至于那处在房间角落里的沙发座椅，带老式台灯的小书桌（正是在那里，她与来访的伯林彻夜倾谈），我则有点儿不敢轻易靠近，仿佛那搭在沙发椅背上厚重的沙发布，也像是刚刚从诗人肩头滑落下的大理石披巾！

至于曼德尔施塔姆（1891~1938），虽然是出生在华沙的犹太人，但在圣彼得堡度过了他的童年和青少年，并成为一个诗人。可以说，比起很多人，他都是一位更为典型的“彼得堡诗人”。但是，因为他拒绝“圆柱旁的座位”而选择了去做“游牧人”，其命运多舛，在彼得堡也无固定住所，所以这里没有一个像阿赫玛托娃那样的纪念馆。

但是，对我来说，因为他的诗，整个彼得堡仍处处响彻着他的声音。一进入彼得堡市中心，看到彼得大帝时期海军部高耸的镀金尖塔顶部，我马上就想起了他在流放地沃罗涅日写下的一节诗：

> 我的国家扭拧着我……
> 她注意到我，只是在我长大
> 并以我的眼来见证的时候。
> 然后突然间，像一只透镜，她把我放在火苗上
> 以一道来自海军部锥形体的光束。

因此，在圣彼得堡大学“远东文学国际研讨会”的演讲中，我讲到了诗人中后期“诗人与帝国对立”的原型困境。说它是“原型困境”，因为它源自奥维德，也源自普希金。而20世纪俄国的历史，再一次选中了他来担当诗人的这一命运。在演讲中，我特意讲到《列宁格勒》（1930年）这首名诗。该诗是曼德尔施塔姆从亚美尼亚回到列宁格勒时写的。从任何意义上讲，彼得堡都是他的摇篮和家乡。但是，自1928年起，因受到列宁格勒文坛排斥，诗人不得不迁居莫斯科——如同罗马之于奥维德，圣彼得堡已成为他永远失掉的帝国和故乡：

> 我又回到我的城市。它曾是我的泪，
> 我的脉搏，我童年时肿胀的腮腺炎。

多么精确的隐喻！一个“肿胀的腮腺炎”，使故乡城市内在为诗人成长期身体的痛苦记忆。而接下来：“然后睁开眼，你是否还熟悉这十二月的白昼？/在那里面，蛋黄搅入了死一般的沥青。”这一节诗也太厉害了！它令人惊异地道出了一个觉悟的瞬间，一个启示录般的灾难意象！它意味的是故乡的变异和毁灭，而这对归来的诗人才是最致命的。

因而接下来诗人会发出呼喊：“彼得堡！我还不想死！”请注意，诗的题目是“列宁格勒”（圣彼得堡1924年更名为列宁格勒），但是现在，诗人却转而对他童年的“彼得堡”直接讲话。诗人无法不采用“列宁格勒”这个新名字，但他却可以向他记忆中的永恒故乡发出哀求，哪怕这是一种绝望的哀求！而接下来的一句“彼得堡！我还有那些地址：／可以查寻死者的声音”，不仅传达了诗人内心的战栗，也骤然间打通了生与死的界限……

因此，当我们乘坐游船在彼得堡市区游览，那纵横于河道、桥梁和街区上空的一道道电线，对我来说，仿佛仍在传递着这令人战栗的声音。因为对命运的惊人洞悉，因为预感到一个正在到来的大恐怖年代的深重阴影，在1931年给阿赫玛托娃的一首诗中，曼德尔施塔姆一开始就发出了这样的声音：

> 请永远保存我的词语，为它们不幸和冒烟的余味，
> 它们相互折磨的焦油，作品诚实的焦油。

作为一个“未亡人”，一个似乎生来即是为了唱挽歌的诗人，阿赫玛托娃接受了这神圣的委托。她不仅在曼德尔施塔姆流放期间（1936年2月）曾千里迢迢前去看望曼德尔施塔姆夫妇，写下了名诗《沃罗涅日》（其结尾几句是：“但是，在流放诗人的房间里，／恐惧与缪斯轮流值守，／而夜在进行，／它不知何为黎明。”），而且在这之后不久又写了《一点儿地理》，通过一种奇特的想象，又把曼德尔施塔姆从流放地沃罗涅日拉回到“这个散发着腐尸恶臭的铺位”（即诗人所处的列宁格勒），而在她看来，也只有曼德尔施塔姆和她这两个“罪人”，才配对家乡城市圣彼得堡奇异的美进行赞美：

……所以对我来说这座城市
在子夜里，有一种苍白的蓝——
这座城市，被第一流诗人赞美，
被我们这些罪人，被你。

在这种奇异而隐曲的“地理学”中，是一个伟大诗人对“存在的地形学”的想象，是对诗人命运和职责的认知，是对故乡和记忆的忠诚——正是这种忠诚，这种苦难中的终生守望，将他们的名字铭刻在圣彼得堡的每一块石头上！

而阿赫玛托娃晚年的最后近十年时间，大都是在彼得堡的远郊科马罗沃度过的。严格说来，阿赫玛托娃一生并没有真正属于自己的家，即使陆续生活了三十年的“喷泉屋”，也属于“寄寓”。20世纪50年代末期，时局有所松动，列宁格勒文学基金会在距彼得堡三四十公里外的科马罗沃作家疗养地给阿赫玛托娃分了一处简易住房。它被阿赫玛托娃自己戏称为“岗亭”，木床还缺一条腿，不得不用砖头支撑着。但诗人却在这里获得了安宁。这个木板小屋距海边不远，处在一大片松林之中，她生命的最后七八年大都在这里度过。

诗人在这里并不寂寞，布罗茨基、耐曼等年轻诗人常坐火车带着鲜花到这里“朝圣”（“你是在和一个用她的语调就改变了你的人在一起。阿赫玛托娃改变你，仅凭她的发音或是一扬头……”布罗茨基回忆阿赫玛托娃语），亲朋好友、传记作者和刊物编辑也常常来，并帮她照料在这里的生活。但是，从内里看，这位饱经沧桑的女诗人已活到“没有人可以伴哭，没有人可以一起回忆”的境地。正是在科马罗沃，她写下了一首诗，诗前引用了茨维塔耶娃那句著名的诗“啊哀哭的缪斯”：

……我在这里放弃一切，
放弃所有来自尘世的祝福。
让树林里残存的躯干化为
幽灵，留在“这里”守护。

我们都是生命的小小过客，
活着——不过是习惯。
但是我似乎听到在空气中
有两个声音在交谈。

两个？但是在靠东的墙边，
在一簇悬钩子嫩芽的纠缠中，
有一枝新鲜、黑暗的接骨木探出
那是——来自玛丽娜的信！

这“两个声音”，指曼德尔施塔姆和帕斯捷尔纳克。1961年，在寂寞的暮年，在曼德尔施塔姆、茨维塔耶娃、帕斯捷尔纳克已相继离开人世的巨大荒凉中，阿赫玛托娃写下了这首诗，她不仅以她的哀歌来为她那一代人送别，也意识到注定要由他们四个（因此有的英译本把该诗译为“我们四个”）来承担俄罗斯诗歌又一个苦难而光荣的时代。在晚年致曼德尔施塔姆遗孀娜杰日达的信中，她就这样不无悲痛地写道：“我们一定要活到那一天——那哭泣和光荣的一天。”

1966年3月5日，诗人走完了人世的最后一程。据传记材料记载，这是她写于当年2月的最后诗句：

必然性最终也屈服了，
犹豫地，她自己退闪到一旁。

阿赫玛托娃，这位“哀泣的缪斯”，以她苦痛而伟大的一生，以她自身的惊人耐力，在最后甚至让命运的“必然性”也“退闪到一旁”。诗人耐曼在回忆录中就曾这样感叹：仿佛她一转身关上门，便化为永恒的大理石雕像。

遵照诗人的生前遗愿，她被永远安葬在科马罗沃（她的葬礼则在彼得堡圣尼古拉大教堂举行）。带着最轻微的脚步，我们在寂静的松林间找到了诗人墓地。她没有葬在彼得堡著名的公墓里，与那些王公贵族为伴，而是选择了让她所钟爱、信任的科马罗沃的松树来“守护”（“只有镜子能梦见镜子／只有寂静能维护寂静……”），在黑色的金属十字架下，是诗人的墓碑，上面没有生卒年月，只有诗人的名字

（还需要标注吗？她已属于永恒！）。墓园的纪念墙上，则刻有一个以诗人年轻时代的肖像为原型的侧面头像浮雕，远远即可看出——那就是人们心目中的“俄罗斯的萨福”！

几乎要抑制住泪水，我在诗人墓地待了近二十分钟。临别时，又回头深深鞠了一躬：再见，哀泣的缪斯！我们要“永存你的话语”，不，是你的话语会永远伴随着我们，如空气，如寂静，如远海溅起的涛声，如这些笔直松树的幽灵。我只能借布罗茨基《纪念安娜·阿赫玛托娃百年诞辰》中的诗句来表达我自己：

啊伟大的灵魂，一个跨越海洋的
鞠躬，向你——是你找到了它们，
找到了沉睡在你故土中的焖燃部分，
是你，让聋哑的宇宙有了言说的能力。

2016年7月

“我把茨维塔耶娃还给茨维塔耶娃”

——莫斯科诗歌记行

“从我手中接过——这座非人手建成的城市”——这是当年尚年轻的茨维塔耶娃写给“彼得堡诗人”曼德尔施塔姆的《莫斯科诗篇》的开篇。今年7月上旬的一天，沿着当年曼德尔施塔姆的铁路线，我从彼得堡乘火车来到了莫斯科，但我能接过这座宏伟而奇异的“非人手建成的城市”吗？我能做的，无非是“还愿”。

现在想来，在莫斯科的那四五天，对帕斯捷尔纳克故居的访问、在白银时代纪念馆的朗诵、对茨维塔耶娃纪念馆尤其是对其童年故乡塔露萨的访寻，无不带有一种“还愿”性质。我把来自他们的精神赠予但又属于我自身的一些东西还给了他们，而又通过这种“还愿”把我和这些我所热爱的人更深地联结在了一起！

这就是为什么一来莫斯科，我就要去看茨维塔耶娃旧居纪念馆。本来纪念馆周一关门，但在俄罗斯科学院语言研究所世界诗歌研究中心拉拉博士的帮助下，我们不仅破例参观了纪念馆，还参观了隔壁另一幢楼里的档案馆。该档案馆专供研究者使用，不仅收集有最齐全的茨维塔耶娃资料，还有各种语言的译本。在那里，我向档案馆女馆长赠送了我翻译的《新年问候：茨维塔耶娃诗选》，并在书的扉页上留下了这句话："我把茨维塔耶娃还给茨维塔耶娃。"说实话，当我这样写时，手都有点颤抖，因为那是"我的茨维塔耶娃"，是长久以来我生命的一部分，是我在翻译时倾尽心力，甚至一次次为之泪涌的茨维塔耶娃，但我又必须把这个汉语中的茨维塔耶娃还给她的故乡——那给予她无穷苦难而又造就了她的故乡！

至于访问帕斯捷尔纳克在莫斯科郊外别列杰尔金诺的故居和墓地，更属一种还愿行为。去的路上（是在莫斯科的朋友彭明宽开车带我去的），我要做的第一件事就是买花（"不能到你的墓地献上一束花／却注定要以一生的倾注，读你的诗"，这是多年前我的《帕斯捷尔纳克》一诗的开篇），好在我们在一家超市里发现了花店，我买了三大束菊花，它的素洁和芳馨，正好能表达我的心意。

一个诗人最好能住在郊外，除了与都市的喧闹保持必要的距离外，从乡下到城里的来回路上，我相信都会产生诗的情感。临近别列杰尔金诺小火车站时，我猜想帕斯捷尔纳克的许多诗都是在汽笛的呜呜声中开始或完成的。"生活，我的姐妹"，这位"自然之子"对生活怀有怎样的爱啊！以至于他因诺贝尔文学奖而遭到大规模声讨和批判时，他曾满怀悲愤地这样写下："我犯了什么罪？／……我只是写下了我美丽的故土，/并让全世界为之恻隐。”

而从诗人故居纪念馆进去，首先参观的那个温馨明亮的餐厅，就是帕斯捷尔纳克当年得知获诺贝尔文学奖消息的地方。当时诗人和家人正在用餐，墙上挂着他手持酒杯站起来庆祝的照片，看得出他那时庄重而又抑制着激动，只是没料到不久这便成为一个噩梦！

二楼上的写作间是这座童话般的房子的灵魂所在。宽大、宁静，布置简单，门边摆着一双长皮靴，衣柜一侧还挂着诗人的大衣、帽子和长围巾，墙上则是诗人的画家父亲为托尔斯泰的《复活》所作的插图以及音乐家拉赫玛尼诺夫等人的油画肖像。在静谧的光线中，我观看着书柜里的部分藏书（叶芝、海明威的作品和《英俄大词典》——他用来翻译莎士比亚）和摆放的墨水瓶（“二月，墨水足够用来痛哭！”），最后，我把目光再次投向了那张靠近宽大窗户的长长的松木桌子——就是在那里，“蜡烛在燃烧”，诗人陆续用了多年时间（1947～1956）写下了《日瓦戈医生》等伟大作品。作家卡尔维诺曾称《日瓦戈医生》“创造了一个深邃的回音室”，而此刻，我正处在其中，这真是让人难以置信！

故居的另一个小房间，则摆放有帕斯捷尔纳克生前的沙发床、诗人的遗像和石膏面模。帕斯捷尔纳克是于1960年5月底死于癌症的，但在这前五六年，人们说他看上去仍那样充满活力，显然，其早逝和他1958年获诺贝尔文学奖后所遭受的一连串噩梦般的经历有关。望着诗人不无悲郁的面模遗像，我不由得想起了日瓦戈葬礼上迟来的拉丽莎（几天后她又被抓进集中营）伏在日瓦戈遗体上说的话，每次读它都使我内心战栗："我们又聚在一起了，尤拉。上帝为什么又让我们相聚？……你一去，我也完了。……永别了，我的伟大的人，亲爱的人；我多么爱听你那日夜鸣溅的水声，多么爱纵身跃入你那冰冷的浪花之中……"

也正因为如此，在参观完诗人故居前往其墓园时，我也很想去看拉丽莎的原型奥尔加·伊文斯卡娅的墓地。这个为帕斯捷尔纳克一再被捕、坐牢、流放的美丽女性，在她活着时她甚至不能参加诗人的葬礼，除了根据她的遗愿所安葬的这个挨近诗人的静静的墓园。

诗人的墓地处在邻近别列杰尔金诺主显圣容大教堂的一处平民公墓里。和旁边的教会公墓相比，它显得有点儿荒芜凋敝。好在帕斯捷尔纳克墓园很好找，它坐落在公墓边角，墓园较大，墓碑为白色大理石，上面雕刻着诗人年轻时英俊的头像。我缓缓走向墓园，献上鲜花，默默伫立了一会儿后，就去寻找伊文斯卡娅的墓地。我们在荒草和荆丛中转来转去，意外发现了其他几位著名诗人、作家的墓碑，但怎么也找不到伊文斯卡娅的墓地。最后我只好再次回到帕斯捷尔纳克的墓园。好在当我返回时，本来下着阵雨的天空一下子放晴了，强烈的阳光透过松林，径直洒在诗人洁白的墓碑上！我向诗人的英魂道别，向洒下的金色阳光道别，向墓园外山坡上的风中草地道别，而阿赫玛托娃悼念帕斯捷尔纳克的不朽诗句也就在那时为我再次响起："他化为赋予生命的庄稼之穗，／或是他歌唱过的第一阵细雨！"

在诗人墓地的经历，多少让我感到有点儿不可思议。那久寻不见的伊文斯卡娅的墓地，那最后骤然投射在诗人墓碑上的阳光！让我没想到的，还有我在莫斯科白银时代纪念馆的专场朗诵。白银时代是指19世纪末期涌现的一批天才诗人、作家所代表的时代，他们创造了普希金之后俄罗斯文学的又一个光辉时代。该纪念馆原为白银时代诗人布留索夫故居，我去时那里同时就有一个关于白银时代的展览。我要感谢俄国年轻的汉学家邓月娘（Yulia Dreyzis）博士，在她翻译的我的十五首诗中，就有《瓦雷金诺叙事曲——给帕斯捷尔纳克》，我的朗诵会就以这首诗开始。我以此向帕斯捷尔纳克致敬，向白银时代致敬，当然，更是向那把我们深深联结在一起的"共同的命运"致敬！

更让我难忘的是此行最后对茨维塔耶娃童年故乡塔露萨的寻访。塔露萨为莫斯科以南一百多公里外奥卡河边的一个小镇，茨维塔耶娃的父母在那里有一处度夏别墅，诗人在那里度过了童年。我最早知道塔露萨，是通过翻译策兰的《带着来自塔露萨的书》。1962年，策兰在巴黎收到《塔露萨作品集》（Tarusa Pages），读到里面的茨维塔耶娃一大组诗后非常激动，他本来想翻译一些，但改而创作了这首长诗，全诗以"来自／大犬星座，来自／其中那颗明亮的星"开始，气象宏伟、神秘；命运之星高悬于远方，那是对"天赋"的昭示，也是一个诗人对自身起源的辨认和回归。在该诗中，随着诗的节拍一浪浪涌来，达到这样一个高潮："来自那座桥／来自界石，从它／他跳起并越过／生命，创伤之展翅／——从那米拉波桥。／那里奥卡河不流淌了。怎样的爱啊!"米拉波桥处在塞纳河上（策兰后来也正是从该桥上投河自尽的），而在他写这首诗时，好像在米拉波桥下流淌的已不再是塞纳河，竟是茨维塔耶娃的奥卡河了——这是"怎样的爱啊"。

而接下来，策兰还写道："来自一个词……／靠着它，桌子，／成为帆船板……／来自一个偏词，那船夫的嚓嚓回声……"有了这张诗人之桌（书桌是茨维塔耶娃最爱写到的），有了茨维塔耶娃歌唱的奥卡河，也就有了那顺流而来的"帆船板"！而策兰要做的，就是在他自己的语言中，发出"船夫的嚓嚓回声"！

至于"偏词"，如果和该诗前策兰所引用的茨维塔耶娃的一句名诗"所有诗人都是犹太人"联系起来，就不难理解了：什么是"偏词"？策兰之于德语文学，茨维塔耶娃之于苏联文学，都是一个"偏词"。

这就是策兰为什么如此认同茨维塔耶娃。这也是为什么我前年出版的一本译诗集就叫《带着来自塔露萨的书》——去俄国临行前我把它放在了随身带的包里，我也会永远把它带在身上！

此行同样是彭明宽开车带我去的。穿行在广阔的俄罗斯大地，到达塔露萨时，这位学工程的老兄也激动起来。塔露萨风景之开阔和幽美，的确不负盛名，它很久以来就是俄罗斯作家和艺术家喜欢的居住地。茨维塔耶娃幼年时都在此地度过夏天（而她的女儿20世纪50年代从劳改营获释后，绝大部分时间也在此地生活）。她留下的诗文中时见塔露萨和奥卡河的风采。诗人生前也希望死后能安葬在她一生怀念的塔露萨（她于流亡回国的两年后即1941年8月31日自缢于叶拉布加城，最后连墓茔也难以确定），因为正是在那里的山坡上和接骨木树丛下，她度过了她的金色童年，在那里，她作为一个诗人的生命被赋予……

遗憾的是，诗人旧居因为年代久远已拆除，我们去在旧址上新建的纪念馆时，正遇上一大车人由导游带着进去参观。我被挤在人流之中，很多展品都来不及细看。只有诗人童年时的小书桌（原件）、古老的钢琴（“我的第一语言是音乐”）和一些老照片给我留下了较深的印象。

好在旧居后面的大花园仍在，花园中那个诗人从小玩耍的小木屋虽然朽坏，布满青苔，但还没有拆除。这就是养育了一个诗人的神奇世界！在花园深处，我一眼就看到了诗人在异国他乡所思念的“花楸树”！还有那些茂盛翠绿的接骨木：“接骨木充满了整个花园！／接骨木翠绿，翠绿，／……接骨木——蔓延到日子尽头！”（《接骨木》）

参观完纪念馆，我们便走向奥卡河。河畔高岸上立有茨维塔耶娃高大的赤脚青铜雕像，旁边还有帕乌斯托夫斯基、阿赫玛杜琳娜等著名作家、诗人的雕像，他们生前也曾住在此地。尤其是帕乌斯托夫斯基，中国很多作家都知道他的《金蔷薇》并受其影响，但他们可能不知道，正是他在解冻时期编选了《塔露萨作品集》（收有茨维塔耶娃四十一首诗，1961年出版），使布罗茨基那一代人第一次读到茨维塔耶娃，使一个“被埋葬的诗人”重见天光！

穿过这些光辉的雕像，蜿蜒流淌的奥卡河便全然呈现在我的眼前。似乎知道有远道的客人来“探亲”似的，那成群的黑鸟（我宁愿想象它们为燕子）从河谷里一次次地来回盘旋，并发出欢快的鸣叫！这真是令人流泪啊。而最让人心颤的，还是走下河岸，用双手触及奥卡河盈盈河水的那一刻！那一刻，好像我终于替一位亲人还了愿，好像我自己也重返生命的本源（我也是在汉水河边长大的孩子！）。也正是在那一刻，我有了一首诗，我把它写下来，作为我对诗人的永恒纪念：

在塔露萨
在茨维塔耶娃纪念馆
只有童年的那个珍贵的小书桌不是复制品
（它来自外婆，它也不可复制）
只有花园里掩映在绿荫中的花楸果依然殷红
（如一个五岁小女孩的嘴唇）
只有接骨木仍在响亮攀援，比任何一个夏天都绿
（你多想把自己葬在它的拱顶下！）
只有黄昏的那一道光依然致命

（每天每天，它都会投向巴黎的郊区）
只有山坡下的奥卡河，玛丽娜
依然是你最清澈的奥卡河，它来自森林
仍带着你的石榴石手镯的颜色
带着金色树叶的颜色
只有童年的燕子仍成群从河谷里飞过
它欢快的鸣叫，玛丽娜
和我们在那时听到的一模一样！
只有这河水仍在流，当它向沙滩再次盈盈漫来
玛丽娜，让我蹲下，让我哭，让我
替你向它伸出这一双手……

是的，我为我们的玛丽娜伸出了这一双颤抖的手！

2016年7月

天赋与“第二次诞生”

“帕斯捷尔纳克的名字，是刹那间幸福的刺痛。”《帕斯捷尔纳克传》（德·贝科夫著，王嘎译）开篇的这一句，闪电般击中了我，它也为这部长达千页的传记定下了最隐秘的基调。

传记也是一种塑造。“您像是授予了自己的影子以全权，然后差遣它代替您来到生活中”，茨维塔耶娃当年在写给帕斯捷尔纳克的诗中曾这样说。那么，怎样来“还原”这样一位在创作上丰富多样，其人生又贯穿了时代和历史，有时甚至是处在其风暴眼中的诗人？传记作者不得不站在一个更高的起点上，也不得不寻找他最独特的角度。这便是这部打破了通常模式的传记作品，它分为三部，共五十章，以“幸福”的获得及其付出的代价为主题，以“六月姐妹”“七月诱惑”“八月变容”为三部曲各自的乐音标记。六月至八月——看来传记作者、诗人贝科夫执意要以一个繁茂的、多雷雨的“夏天”来展现帕斯捷尔纳克的一生及其独特命运：帕斯捷尔纳克本来因为癌症死于初夏（5月30日深夜），但贝科夫却把其生命的尾声放在了果实成熟、压弯枝头的八月！

耐人寻味的是，在《日瓦戈医生》中帕斯捷尔纳克的“替身”日瓦戈即死于八月末，那时他身处一辆拥挤的电车内，相信自己看到了车窗外的拉丽萨，便挣扎着向她奔去，却因心脏病发作猝死。你相信这个神话吗？你是否从中感到了一种令你战栗的“更高意义上的真实”？

不管怎么说，在传记作者看来，悲剧的主人公完成了自己，也超越了自己，连他在“诺贝尔奖噩梦”之后的英年早逝也死得恰到好处，“四周的世界绽放了，用初夏的全部美好为他送行。……所有罪错都已洗赎，所有苦难都被战胜。剩下的只是告别。”在某种意义上我认同这样的诗意描述，虽然这和我的感觉不那么一致——我也曾访问过帕斯捷尔纳克在别列杰尔金诺的故居，诗人死后的面模遗像留下的，仍是那样一抹深深的悲郁。

但贝科夫以“六月姐妹”作为传记第一部的副题，在我看来却恰到好处。对于早期的帕斯捷尔纳克，他的全部诗学就是“生活，我的姐妹”，诗人和他的“生活姐妹”（这包括了大自然，它们是一个整体）亲密无间、声息相通，他们相互关照、相互揭示，一起成长。我猜茨维塔耶娃称帕斯捷尔纳克的早期诗歌为“密谋的诗歌”，大概就有点儿这个意思。中国读者已很熟悉帕斯捷尔纳克早期诗的代表作《二月》（见荀红军译文），该诗意象密集、语速很快，“像孩童的语言含混不清”（茨维塔耶娃语），以同时扑面而来的雪水、泪水和缪斯的墨水，以黑色泥浆的轰响声、祈祷钟声与车轮呼叫声，表现春天到来的力量，或者说，表现一种奇迹般涌现的诗——“二月。墨水足够用来痛哭！”

说到“天赋的诗人”，在我看来整个世界都不多，帕斯捷尔纳克是一个。在以赛亚·伯林看来，帕斯捷尔纳克比任何人都更生动地诠释了文艺复兴的理念，“即认为艺术家是可与大自然本身相匹敌的创造者”，他所拥有的天赋也使他比其他任何人都更能将人与事物“鲜活的品质和生命的律动”传达出来，在他那里，“石头、树木、泥土和水在一种近乎神秘的意境中被赋予了生命”（见以赛亚·伯林《苏联的心灵》，潘永强、刘北成译）。

而这部传记中帕斯捷尔纳克的早期诗，也使我对一个诗人的天赋有了新的发现。王嘎的精心翻译，不仅揭示了帕斯捷尔纳克特有的诗性感受力和隐喻才能，也以其深入、确切的把握，让我切实地感受到了一个诗人的脉搏跳动，如《麻雀山》一诗的开头和结尾两节：

你被亲吻的双乳，仿佛在净瓶下洗过。
夏日如泉水涌溅，却不会绵延百年。
我们让手风琴低鸣，却不会踩踏节奏
夜夜起舞，任由音调与尘土飞扬。

透过树影，浮现出正午、漫步与圣灵节，
小树林要让人相信，世界向来如此：
就这样被浓荫顾念，被林间空地感染，
被我们承担，仿佛云朵滴落在印花布上。

这里，诗一开始的“净瓶”就用得非常好，它不仅使肌肤相亲具有了诗性的净化意味，也给全诗定下了音调。而全诗最后的“滴落”，也滴落得恰到好处，它不仅富有诗意，也有助于我们从整体上把握帕斯捷尔纳克的诗。在帕斯捷尔纳克看来，诗歌之泉的“涌溅”，首先来自“吸收”，“生活姐妹”比我们想象的还要神秘和“慷慨”！

王嘎对帕斯捷尔纳克另一首早期诗《起航》的翻译也十分出色。1922年夏末，诗人偕同新婚妻子从彼得堡前往德国看望父母，“盐从天上滴落，絮语间／隐约传来机轮的轰响”，诗一开始就把我们带入一种带有嗡嗡机轮声的现场。接着的第二节，“海面像展开的白桦树皮”，多么新鲜独到的比喻！而“海水闪耀着苍白的粉色”，也体现了一种敏锐、精微的视觉感受力，如果我们细心体会，这闪耀的苍白粉色还隐含着一种燃烧。的确，离开了这种内在的燃烧，诗歌就不会成为“冒烟的良心”！

这样的诗，借用茨维塔耶娃的话来说，“吻过（读过），就会爱上！”

但是问题在于，就在帕斯捷尔纳克写下这些杰出诗篇的年代，在俄罗斯大地上究竟发生了什么？且不说阿赫玛托娃在20世纪30年代后期创作的令“高山低头”的《安魂曲》，曼德尔施塔姆早也写下了他那首尖锐、刺痛、预言般的《夜晚我在院子里冲洗》（“一粒星，盐一样，溶化在桶里，／……死亡更清晰，不幸更苦涩，／而大地愈来愈真实，愈来愈可怕”）。而在帕斯捷尔纳克早期的诗中呢，人们不会明显看到那种曼德尔施塔姆式的与时代的剧烈冲突，也鲜有那种阿赫玛托娃式的令人心惊胆战的句子：“但我们闻一次也就永远知道了／血，闻起来只能像血腥味……”

的确，当茨维塔耶娃远走异国他乡、曼德尔施塔姆挣扎在流放地沃罗涅日、阿赫玛托娃被日丹诺夫恶毒咒骂，人们有理由说那个“生活在别列杰尔金诺别墅中”的“童话诗人”“受的苦不够”。谈起这位被官方和民间都视为“俄国第一诗人”（阿赫玛托娃的讽刺语）的诗人，人们有理由满怀苦涩，甚至给予某种道德上的责难。

这就是为什么爱尔兰诗人希尼会说20世纪俄罗斯诗歌的历史构成了一个“审判席”，所有诗人都要来到这里为自己做出辩护。

而读了这部传记我深感欣慰，因为它再次证明了（尤其是新披露出来的大量资料），帕斯捷尔纳克一生的创作，仍是一种如茨维塔耶娃所说的“良心烛照下的艺术”。他不是英雄，不是反抗者，但他经得起历史的无情检验。

另外，这部传记也告诉了我们，即使是帕斯捷尔纳克早中期的创作，也不像人们所以为的那样单纯。对比自己小一岁，成名也稍晚的帕斯捷尔纳克，阿赫玛托娃曾以老大姐的口吻写道：“他被授予了永恒的童年奖。”这是对帕斯捷尔纳克的赞美，但也暗含了一丝讥讽。但是帕斯捷尔纳克并不幼稚。他在20世纪二三十年代的《主题与变奏曲》《崇高的疾病》《施密特中尉》《第二次诞生》等作品，都显现了对历史过人的洞察力，并隐含了日益严峻的时代和个人良知的冲突。可以说，他后来创作《日瓦戈医生》完全是必然的，虽然这也与他和“拉丽萨”的爱情激发有直接关系。

对于俄国革命，帕斯捷尔纳克和他那一代人中的许多人一样，并不持一种拒绝的态度，因为俄国专制、腐朽的社会需要一场暴风雨的冲刷（他曾称革命为一场“了不起的外科手术”，或是一场谁也无法预测和控制的“地震”现象）。但他后来渐渐发现，历史改变了方向，时代的音乐变成了令人恐怖的噪音。帕斯捷尔纳克与曼德尔施塔姆的区别在于，他不仅作为一个抒情诗人，还把一个致力于观察的艺术家（我们不要忘了诗人的父亲是为托尔斯泰的《复活》作插画的画家，那些插画和素描肖像一直挂在诗人的写作间里）、一个在战争中为敌对双方都包扎伤口的“医生”带在了自己身上。这样看来，他们的区别是个人气质和美学上的，而非道德上的不同或政治上的分歧。“他一直有着感激磨难的幸福禀赋”，传记作者如此写到。在由早期的“泛神论”式的世界观转向一种基督徒式的信仰后，帕斯捷尔纳克更是如此。正因为如此，他“几乎愿意跟一切和解”，而曼德尔施塔姆正相反。

当然，更重要的是帕斯捷尔纳克并未因为这一切而背叛他自己。且不说他的创作，他在20世纪30年代末期翻译的《哈姆雷特》，在某种意义上就是一个可与阿赫玛托娃的《安魂曲》相并称的精神事件。应该注意的，还有帕斯捷尔纳克1928年写下的致阿赫玛托娃的那首诗，“但是可怕力量的解决／就在那里，在白夜刺眼的光线下”“不，不是盐柱，是你五年前用韵律固定住的／罗得妻子的形象，蒙眼而行，／为我们克制住回头看的恐惧……”而他自己在多年后不计代价创作的《日瓦戈医生》，在很大意义上，正是“蒙眼而行”“克制住回头看的恐惧”的产物。如果说他早年对生活的态度是“照单全收”，是“不断吸收并达到饱和”，到了创作《日瓦戈医生》前后，帕斯捷尔纳克真像奥登的诗所写的那样“我们必须相爱并且死”了！在良心的催逼下，这位“俄语的哈姆雷特”不再犹豫，终于迈出了他一生中最重要的一步！

至于帕斯捷尔纳克一生的艺术发展，传记作者也为我们做出了简要而精当的勾勒：“他的道路，犹如螺旋上升的曲线，在扩展过程中不断攫获新的主题，开辟越来越宽广的生活领域。帕斯捷尔纳克以极其主观的抒情为起点，直抵散文叙事，由有意识的印象主义的朦胧归于经典的、传统风格的明晰。”他所说的经典的明晰，是指那种《圣经》式的质朴和启示性。去读读《日瓦戈医生》最后部分所收录的《圣诞之星》吧（王嘎译出这首诗后，曾激动地把它发给我看）。有人说仅凭这一首诗，诗人就可以不朽了：

人们站在阴影下悄声说话，
就像家畜在窝棚里低语。
忽然，不知是谁从昏暗中
把星相家推到马槽左边不远处，
他转身一看：那圣诞之星
像迎候宾客，在门边望着童女。

也许，这就是西蒙娜·薇依所说的“重负与神恩”。也许，这就是诗人一生所追求的“第二次诞生”。不过，让我自己惭愧的是，1992年在伦敦时，一位英国朋友送给我的帕斯捷尔纳克英译诗选的扉页上就题有“on your second birth”。多少年过去了，多少磨难也经历了，我们在自己的生命中是否也迎来了这一时刻呢？

因此，在最后，我很想把贝科夫的话再引申一下：帕斯捷尔纳克的名字，这是刹那间幸福的刺痛，但也是永久的良知的刺痛！

2016年11月～2018年3月

“夜太长。你们，给我词……”

认识一位诗人需要一些时间。第一次与高春林相聚是去年暮春在河南神农山诗会上，他质朴，消瘦，讷于言而敏于行，“眉头带有一丝义山的忧郁”。今年又见他数次，一次是他在青海湖边上纵马，一副欣欣然被“释放”的样子。最近一次则是去河南郏县参加三苏诗会，而那正是他的家乡，他的声音的发源地。

正是在郏县的两天间，我对一位诗人的感知变得更清晰，也更真切了。当下，中国众多的知名诗人大都生活在大中城市，像春林这样一直“坚持”生活在一个偏僻小县城的并不多。郏县虽属文脉贯通之地（有着千年历史的郏县文庙、“三苏墓园”等），但它至今仍是河南省的贫困县之一，我们居住的所谓“帝豪宾馆”外面尘土飞扬，并且一晚上居然断了两次电。生活在这样一种环境下，诗人怎样呼吸，怎样与外界相处并潜心于他的写作，这让我不能不感叹，在一首题为《低生活》的诗中，诗人暗示了他的县城小公务员“尘埃”般的身份，而在诗人走进的“暗夜”里：

我的狐步舞，我旋转，
我的梦说不准就是闪电。
在暗夜里，我有限的
手艺，打开通往世界的路。

这首诗显然就是诗人的一幅自画像。河南籍评论家、许多河南诗人的良师益友耿占春在一篇评论中首先就注意到春林的诗作带有“明显的自传式语气和传记式经验”。当然，任何诗人的写作，或多或少、或隐或显都会包含着一些自传式因素（即便是以“非个人化”著称的艾略特，在他的《四个四重奏》中也是如此）。不过，具体到春林这样一位既非浪漫，在生活中又很低调的诗人，这种“自传式”写作究竟意味着什么呢？

我想（据我对春林的阅读），这无非显示了一个扎根于自身存在的诗人，坚持通过写作认识、观照自己及自身环境和命运的努力。春林出生在南阳，成长在郏县的一个小乡镇，后来的生活也一直被农业文明所包围，但他却不是人们所说的那种“乡土诗人”。他的诗写自然事物、日常生活，也有往事追忆和旅途见闻，勾勒出的却是一个人与世界的“遭遇”。的确，这是一个能深入到存在的更本质层面的写作者。

而让我感兴趣的，不仅在于春林的写作所抵达的境地，还在于他这些年在怎样找到并确立“自身存在的特定角度”上所体现的艰辛而复杂的诗学努力。对于带有残存的“乌托邦冲动”的诗人们来说，怎样在当今这个时代重新定位自己的写作，这是具有决定性意义的一件事。我为他近年来的写作感到欣喜，在很多方面，也正在于他所体现的明澈心智、自我限度意识以及由此而形成的叙述风格和修辞技艺。而这一切，我想不仅对他个人，对当代诗歌的许多写作者来说，都是有意义的。在《幽兰》一诗里，他曾这样写道：

> 夜读《幽兰操》，在先人的叹喟里
> 找到我悲伤的症结。好像生命在暗示：
> 别矫情，别责怪习习俗风，
> 世界本来多病。我们无理由筑乌托邦之城。

一个诗人对自己写作的重新调整，就是在这样一个更大的背景下发生的。虽然该节诗的后两句稍嫌直露，但也属真实心迹的一种流露。20世纪90年代以来，随着商品经济和大众消费文化的兴起，社会愈来愈趋向“世俗化”，生活回到了世世代代意义上的“日常”，深受挫败的诗人们也不得不学会“屈从”，并在这种“屈从”中重新找到他们应对生活的智慧和手艺。也正因此，我们看到许多诗人从一种叶芝式的激越音调转向了拉金式的“降温技巧”（姑且这么说），而春林，作为一个小县城诗人，还必须“降”得更彻底一些，以“落到实处”，在属于他自己的物质环境和具体经验中重新发出诗的声音。这也是人们一直所困惑的“诗与真”的问题。诗歌当然不是用来“反映现实”的，但即使是在今天，每一位诗人仍须从他自身存在的深处为其写作找到真实可靠的担保和依据。

可喜的是，就在这种持续的自我教育和“写作练习”中，春林没有像有些人那样混同于世俗生活本身并散发出一身浊气，而是愈来愈清晰地显现了他作为一位优秀诗人的品质：敏感，内向，富有精神定力；视野开阔而又伴以自我限度意识；专注于语言和技艺，但又能深入内心，富有洞察力。在他的写作中，光亮中有阴影，清冷中有欣悦，克制中带着一丝隐痛。他可以这样写下去了。

作为一个同时具有“承担”和“限度”意识的诗人，他的诗承载的不多但也不少。他的作品的“吃水线”往往恰到好处。对此，我们读读他的一些近作就知道了。在一场持续不断的如耿占春所说的“诗学和社会学的争吵”中，我们在他那里也读到一种对自身处境的追问和审视：

我踱步。我蜗在貌似的安逸里，
也许可以不想什么了。
可是报纸上无聊的花边爆料像雪片
覆盖暴力、拆迁和悲伤群体。
我不知道外面的世界怎么样了，
夜太长。你们，给我词……

——《在一个人的世界里踱步》

这首诗写的是朋友来信提到“多到外面走一走”，但诗人只能“在一个人的世界里踱步”。一个“貌似”，暴露了所谓“安逸”下的不安，最后的“夜太长。你们，给我词……”则给我们带来更有力的冲击，不仅如此，这一句还十分耐读：“夜太长”，这堪称诗人们“永恒的主题”了，而接下来一个陡然的“你们，给我词……”，甚至让我不禁联想到一个传说：德国占领巴黎期间，一位德国军官指着《格尔尼卡》问是谁画的，毕加索这样回答——是你们画的！而在春林这位中国诗人这里，他来得更猛，也更“无理”——“你们，给我词……”，一个充斥了暴力和痛苦的世界，在这里成为“你们”，而诗人与之构成了面对面的关系，他居然向这个世界索要“词”！这种无以言说的无力感、悲愤感、嘲讽感，本身就是“给出了词”。也可以说，诗人并没有逃避，但他把难题还给了世界。也正是经由这种方式，诗人发出了他的声音。

当然，这首诗也会让我们联想到闻一多那首著名的《静夜》（“静夜！我不能，不能受你的贿赂……”）。作为一个诗人，春林像他的很多同行一样，也不得不“继承这片大地”，或者说，他也不得不替杜甫、李商隐、苏轼乃至现代的闻一多、徐玉诺在这个时代继续活着。在他的“自传式”写作中，就时时隐现着他们的影子。

这也意味着，春林不仅面对现实的变化，而且也是在一个更深远的历史时空下来重新确立他的写作的。河南这片历史文化积淀深厚的土地赋予他以历史感和宇宙意识，也使他的写作渐渐带上了一种与历史和文明传统的“对话性”。这种对话，当然，首先源自一种生命的自我辨认，《幽兰》一诗是这样，《在社旗，看山陕会馆》一诗也是这样（“曾经，我述说过这个院子／空荡得连灰尘也消失。白泽嵌在壁画中，／和梨园一道，借游人的耳朵怀旧……”）。有时，当历史与现实相互交叠、映照，一种恒久的生命隐忍和当下的矛盾也往往纠结在了一起：

弯道上，王维和明月都不见了。
车速开到60。空调Ⅱ。2009。秋不是秋。
我们还在漫游。似乎没什么可看。
“我也想做王维，不想做杜甫……”
——《我也想做王维不是杜甫，但是行吗》

也许，正是在这种纠结中，他不得不在王维与杜甫之间找到一个“第三者”，或者说，他不得不为他自己重新“发明”一个杜甫，一个满怀沉痛，但也对生命满怀欣悦的杜甫。我想，正是现实的艰难和从先辈们那里感到的宿命般的悲剧感，春林要求自己“多写一些幸福的诗，形若野花”。他要摆脱传统的悲情，摆脱历史和现实的重负，获得一种如史蒂文斯所说的“语言的欢乐”，使卑微的人生也能“发出奇特的光芒”。他的《白龟湖，水波涌的下午》《在山下观星月交谈》《诱入湿地》《在寺院的明亮中，世界空旷了……》等诗，都是这样一些作品。在这些动人的诗篇中，诗人并不回避现实真实的处境，但却体现了一种令人惊异的发现美和诗性赞颂的能力。而这类写作，不仅满足了生命本身的愉悦，重要的是，它使诗人的舌头有了“获救”的可能。

这样的写作，显然也突破了他早期诗歌的某种单一性，有了更丰富的层次、音色和对话性。他的感受力日趋深化、精微。他的诗很少写到事件，也没有明确的主题，这些是他早已摆脱的写作模式。现在他的笔力所至，往往深入到如陈超所说的“经验的幽暗部分”（如《流沙》这首诗：“我陷入乱石，翻找着日月”“而梦境在这时被搅醒。被船一样的／淘沙车搅醒。流沙，这些流沙／响着，我未弄明白它声音里的隐痛”），但同时他诗的经验层面也在拓展，诗的写法趋向多样。有论者因为他一直蛰居于小县城，称他为“隐者”，但是春林的自我命名“漫游者”（见他的诗），在我看来更切合于他的写作性质。他与他生活的环境保持着一种独立的游离关系，既出入其中，也带着一种审视的眼光。《火车，下洼的午后》这首诗，连地名也很实在，它描述情侣在乡村的漫游，诗的最后却是：“火车的隆隆声，就在这会儿出现了，／我转过身，似乎要从火车窗认出自己。”这样一个出乎不意的结尾，一下子打开了一个新的生命视角。

至于春林近些年来在艺术风格和诗艺上的演变，人们都留意到了，只是很难说清。这里我想先从苏轼说起。“青山处处埋忠骨”，本为川蜀人的苏轼，在其生命最后却选定郏县的一面山坡作为自己的永久安息之地，这种选择本身，还有他的悲剧性的一生，其无奈而又旷达的个性，对生活在这里的后人都不能不产生影响。同为河南籍诗人的飞廉就有一首很动人的悼诗《东坡坟前》，最后两句是：“清冷的杂草间，散布着细碎的小黄花，/‘绚烂之极’，归于平淡。”显然，这最后一句出自苏轼本人：“凡文字，少小时须令气象峥嵘，彩色绚烂。渐老渐熟，乃造平淡。其实不是平淡，绚烂之极也。”我想春林也经历了这么一个“渐老渐熟”的修炼过程，这不仅是文字风格上的，也是生命意识的。不过在他那里，他把“乃造平淡”化为现代诗学意义上的“节制”：“这个下午，我们在土院子里找世界，/一个人在几个人的话语里，步子很轻”（《在徐玉诺故居》），看上去不动声色，但却让一切历历在目，让我们“看到”并“听到”，也从中感到了一种无言的战栗；至于《春运》的最后一节“车窗外，一对年轻人/紧紧拥抱，女孩哭成了泪人……/这让我有一丝的恍惚，但顾不上/细想往事，站警在提醒着时间”，同样写得很克制、感人。生活已不允许我们的诗人抒情，但他仍可以以寥寥几笔，点出那难以忘怀的人生。

正是在这样的潜心修炼中，春林形成了他自己的叙述风格、语调和修辞技艺。他爱写湖、河、水，因为“水波/一向都在我们的身体里，暗涌成性”（《白龟湖，水波涌的下午》），他的许多诗的风格也如河水一样沉稳，看似波澜不起，但有定力，有内在紧张的潜流，水波间不时有阴影和亮光掠过。在语言修辞上，他对词语的运用和处理往往颇具匠心，富有创造性，而又点到为止，避免炫技，正如他避免在诗中对事物“过度阐释”一样。比如《夜走断桥》这首诗：

对风景的修复在于人潮退落后
在于夜，断桥，风微凉
不纠缠湖水。话语的鱼可以自由到长翅膀
自由到一种妩媚，然后
是小雨点，然后是我们的不紧不慢
前边是孤山，不是孤单
我们在一条木质长椅上坐下，只是坐一下

不远处有人在爱，他们和杨柳
比妖娆。用夜色，水色，荷色，剧情色
这时候，鼓噪来自身体
这时候想起情感是奢侈的，所以危险
唯一炫耀是，北山的灯很童话，像身边人的
质朴，让安静更安静。而时间走得快
抱别后，成水纹般细碎的远方

全诗语调自如，技艺娴熟，第一句就带有“格言”的意味，但又合乎诗的情景。全诗以叙述的语调和简约的短句形成节奏，主线分明，但又贯穿了丰富、细微、多层次的感受（“风微凉／不纠缠湖水”）。第二节的“他们和杨柳／比妖娆”与第一节的“自由到一种妩媚”相呼应，都带有用词上的创造性，虽然各自的意味有所不同；“鼓噪来自身体”，看上去不假修饰，但一个“鼓噪”却用得极其直接，有力；接下来“北山的灯很童话，像身边人的／质朴，让安静更安静”，不动声色，具有压舱石之效。至于全诗的最后一句，意犹未尽，但是该断则断，因为未来和远方都已化为语言的纹理，一一展现在了我们面前。

读这样的诗，不能不惊异春林这些年在诗艺上的进展。这里，我还想起了他和河南一些诗人朋友一起创办的诗刊《先锋诗》。说来也是，中原大地底蕴深厚，但却易于形成一种保守的文化习性，在这种情形下，河南这些诗友对“先锋”的强调就有了某种必要。但是也需要警惕，因为最终检验诗歌的是另一些更内在的标准，同时诗歌的天地也比我们所以为的要更为广阔。说实话，相比于《夜走断桥》，我本人更喜欢《在山下观星月交谈》那样的更浑朴，也更奇异的诗。《夜走断桥》纵然近乎完美，但也留下了雕琢的痕迹，如果一个诗人一直写这种风格的诗，其“生命的格局”和艺术的可能性也会受到限制。

但我想春林对此是清醒的。他练就他的手艺，有时也尝试一些词语的游戏（“前边是孤山，不是孤单”），但大都比较适度。他的诗艺其实暗含了一种综合性，而不是偏于一端。他对诗坛的各种风尚也保持了一定的距离。这里我又想起了庞德的那句著名的话——“技艺是对诚实的考验”。一个诗人当然需要技艺，但是，当他真正拥有了这种能力，他也就会感到这种考验（这种考验，在茨维塔耶娃那里甚至被表述为：“你甚至用我的血来检验／所有我用墨水写下的诗行”），对此，我想春林一定会有同感。

2015年10月

生命翻到这一页

“昨夜下着今天的大雨／冰冷的天赋一样美丽”，翻开王寅新出的诗选《灰光灯》，这开篇第一首的头两句，便电流般触动了我。时光，记忆，先知般的预言，那让我们一再凝望的雨，黑暗中青春的面容，似乎一切又都浮现在我的眼前。

的确，一个优秀的诗人不仅是写出几首好诗的人，更是能带来一种美学品格和气质的人，或者说，是那种能把我们“带入一种命运”的人。王寅正是这样的诗人。

作为一位在20世纪80年代中期就已成名的诗人，王寅早期的《想起一部捷克电影但想不起片名》《朗诵》等诗已广为人知。有人把他归入“第三代诗人”，有人用“纯诗”理论描述他。他的沉静、优雅、自如和超然，似乎已成为他的风格标志。

但是，这却不仅仅是一个风格意义上的诗人。对我来说，王寅的创作真正让我激动的，主要是他在1991年前后写下的那一批诗，如《送斧子的人来了》、《说多了就是威胁》（“亲爱的朋友，说多了就是威胁／说对了，就是死亡”），等等。我那时几乎是满怀战栗地读到这批诗作。我惊异于一个诗人精神内部所发生的突变，我钦佩一个诗人起身向“无敌的黑暗”“致敬”时所具备的那种勇气。当然，在后来，我还不时诧异于人们的漠然。我只知道正是在这样的诗中，透出了一个时代最灼热的秘密。

这一批诗，都收在《灰光灯》“和幽灵在一起的夏日”（1990~1992）这一辑中。我不能不受到震动，一个看上去温文尔雅的诗人，居然转而召唤一条“乞灵于夏季的狗/……疯疯癫癫的狗/大师一生啧啧称奇的狗/长眉遮目的狗”，并高叫道“来吧，幽灵/……沾上一脚血污/做我敢作敢当的仆从”（《我亲爱的畜生》，1990年）。同样惊人的，还有那首《灵魂终于出窍了》：“亲爱的教父/向你致敬/灵魂终于出窍了”。这位“亲爱的教父”是谁？死亡大师？摘下面具，径直来到诗人生活中的命运之神？

但不管怎么猜想，诗人内心里的那种决绝却是可以感到的：命运的加速运转，多年来的沉默和等待，已把他推向了一个临界点。他看到命运的利斧闪亮，同时也迫切地感到“我已不能缺席”。他那时爱用的词语还有“留给”“交付”等等，在一首诗的最后他甚至这样声称：“血已经准备好了”（《白痴之歌》，1992年）。

一个让我惊异的诗人就这样出现在面前。当然，灵魂还是同一个，但写下这些诗篇的诗人一定经历了某种换血般的阵痛。这是挺身进入命运的时日，是获得灵视和勇气的时日，这也是和语言，甚至和死亡建立更亲密关系的时日。从那以后，诗歌不仅是美丽的言辞了。多年后，我读到诗人在同一时期写下的随笔《复得的诗歌》，一切都明白了：

> 生命翻到这一页，诗歌闪现了光芒。我终于打开了内心，解除了禁忌，在文字上、在脸上、在身体的每一个动作上。

这就是精神突变之于一个诗人的意义。失败的余烬仍在燃烧，但是生命已“翻到这一页”。他的词语成为“突然启动加速的闪亮颗粒”。他身体中的那双翅膀闪闪发亮（纵然它会被折断，“遍布胆汁的颜色”）。在这个“和幽灵在一起的夏日”，他从更高的意义上，担当起了“诗人”之名。

而在今天，纵观王寅三十多年来的写作，我更加感到这一“突变期”的特殊意义。这一突变，既预示了他的未来，也使他作为诗人的一生都获得了一个燃烧的内核。

从那以后，“已无所谓什么征兆／风暴就是一切”（《风暴》，1991年），纵然很多时候这是一种不出声的风暴。多年以后，诗人在《我看见了白色的波兰》一文中引证了米沃什的诗：“只有我劫后余生，／活过咖啡馆里那张桌子，／那儿，冬天中午，一院子的霜闪耀在窗玻璃上。”的确，如同之于许多中国诗人，米沃什的诗也曾激励和照亮了他。不过在这里，我还是更多地联想到了曼德尔施塔姆。那种曼德尔施塔姆式的表面的超然、矜持与内在的激烈，那种不合时宜的美学品位、“一系列大胆的智力突袭”，重要的是，那种预言般的音调，我都一再从王寅这里感到了：“我终于得以回忆我的国家／我的麂皮手套和／白色的风暴 已无影无踪。”（《靠近》，1991年）这是谁在说话？一个来自上海的还是来自彼得堡的诗人？

不管怎么说，在王寅20世纪90年代以来的创作中，抒情音调变了，语言方式和句法也变了，甚至可以说他获得了某种先知般的气质（如“牺牲毫无光泽”“今天的光芒就是／未来的寂静”）。他的诗仍带着“琴弦上的痛楚”，但却愈来愈倾向于直接说出：“直呼其名吧，泪水。”他抛开繁复的修辞，想要获得一种更为直截了当的见证和命名的力量，这就像他在那篇预言般的随笔《展览会上的图画》（1987年）中所设想的：“此时我衰老，我变得越来越言简意赅、明晰透彻……多余的花枝不复存在……”

“昨夜下着今天的大雨”，要给这样一位诗人的创作分期其实是徒劳的。诗人在其散文中也曾谈到“中断”，但并非否定过去，而是为了深入敞开的生命。《灰光灯》的第一辑“晚年来得太晚了”为诗人的近作，收有2005至2015年间二十首诗。相对于“说吧，无言的秋天／……在潮水涨落不定的木桌上／沉默绷得太紧了”这样的迫切音调，他的一些近作显得更为放松，带着更为混合的抒情色调，同时，晚来的爱情也给一颗诗心带来了更多的温柔。他已经历了很多，但他似乎并不想去细查时间的皱褶，而是致力于一种新的、更接近于赞颂的生命境界：

早晨的海穿着白色的袜子
海浪用唇语口述秘密
它的咽喉，哑了又哑
它是陌生的星球
瞬间苍老，转瞬年轻
你忘记了诸神的名字
却记住了灯塔的喘息
这已足够……

——《那一片蓝色》

这样的诗令人喜爱。但是，正如我们同时看到的，“嘴唇下的秘密贴着狂风”，诗人仍行走在他的命运中。在他的近作中，有“赞歌的沉默”，也仍有“利斧的寂静”。我猜不少读者会喜欢《我抚摸着你的肩膀》这首诗，但它却不是一首一般的爱情诗：“在你光滑的肩膀下面／有着突出而锐利的肩胛骨／小小的、独一无二的骨头／有着精致的形状”，而结尾是：“我们侧躺在床上久久亲吻／谈论生死一样谈论爱情！”

这个惊叹号是我加上的，因为我在读到这里时受到震动。在诗人迎来的“晚年”中，“音乐变慢了”，而“死亡始料不及”（《音乐变慢了》）。他所书写的，仍是命运的抒情诗，而非消费时代的闲愁。或用他自己谈论诗歌的话来说，在他的世界内部，“冰山依然坚硬而晶莹”。他曾这样宣称，他也这样做到了：“这启迪我的生物，我唯一的教师／从来是沉默的石头／但却有着至高无上的命运。”（《闲人街上的虱子》，1999年）

而从语言风格看，相比于20世纪90年代初期的那种激烈，他的近作看上去更从容，也更为轻盈了：“白色的海洋穿过黎明的医院／轻盈的钢铁叙述着／锈蚀已久的夏天”，轻盈中有着骨感、硬度和分量，有着抽象与具象之间的张力。这是他长久练就的结果。一个诗人可以以此来叙述“锈蚀已久的夏天”了。

王寅是那种诗不多，也从不刻意去写的诗人。他也无意于加入这个时代的任何竞争。让我欣赏的是，有时在他那里还有着某种“美学的疲倦”：“……我远离祖国，远离盛夏／也远离了你，巴黎／已经令我心生厌倦”（《巴黎已经令我心生厌倦》）。他在渴望什么？也许，他仍像当年那样渴望“撒旦的琼浆”，并任由它“割开干渴的喉咙／……变成火、变成水”。

王寅的这部诗选就这样吸引了我。从20世纪80年代到现在，我们天各一方，但又一同走过了一个漫长的年代，“我，我们，我们这多变的时代／星辰跟随着各自的神祇／转动着颈项”（《终于有了昨日》）。而我写下这篇文字，不仅因为我从中看到一代人青春的脸庞，也不仅因为唤起了那个年代流泪的记忆，更在于在今天我们依然共同分享了很多。按照茨维塔耶娃的观点，一个诗人最大的美德是忠实于自己。王寅做到了这一点。正是这种忠实使他成为自己，正是这种忠实使他一生的不同阶段相互贯穿。他的近作《雨滴中的一滴雨》，就使我们想起了他早年《想起一部捷克电影但想不起片名》的那个结尾。这是命运的闪回，也是诗之交叠。这就是诗人为什么会写下“昨夜下着今天的大雨”。在一种语言的命运里，过去写的也就是现在要重写的，而现在写下的“终于有了昨日”。同样，不是“晚年来得太晚了”，而是它早已出现在那里。它期待我们的，无非是去辨认、去倾听：“别评论／别评论破碎的激情／别评论转瞬即逝的光明／首先是痛苦的诱惑／首先是祈祷的回声……”

2015年12月

“在喇叭形涌来的河流气息中……”①

问：您在翻译时，为什么强调“同一精神家族”“同一种精神血液循环”？翻译了这么多诗人，您心里最赞赏、喜欢哪位？

答：我不是职业翻译家，什么都可以译。我的翻译不过是一种“同气相求”的行为，或者说，是对生命召唤的一种响应。

至于最赞赏哪位，我选择的翻译对象，都倾注了我的爱。他们也各有所长。像茨维塔耶娃“黄金般无与伦比的天赋”、阿赫玛托娃不动声色的大手笔、策兰彻底的语言立场和“幽灵般的感受力”、曼德尔施塔姆的独创性和先知般的音调，等等，都为我所叹服。这里，我也冒昧联想到布罗茨基在谈到为他所崇敬的那些诗人时所说的一句话：“在最好的时辰，我觉得自己仿佛是他们的总和，——但总是小于他们中的任何一个个体。”

---

① 该访谈主要内容刊发于2015年9月22日《长江日报》“读书版”，访谈者为该报记者刘功虎。

问：现在的年轻人，一般英文水平比较高，他们会不会更倾向于去阅读原诗原作？

答：现在的年轻读者，英文水平的确比过去普遍要高。我希望以后出译诗集，最好也按国际惯例出双语对照本，为读者提供方便。但是话说回来，即使人人都懂原文，翻译仍有它不可取代的意义。诗歌翻译并不是一般的语言转换，它是一种有自身价值的艺术，是对语言的发掘和创造，本雅明就认为翻译“在所有文学形式中承担起了一种特殊使命，这一使命就是密切注视原作语言的成熟过程并承受自身语言降生的阵痛”。而一般读者，甚至精通外语的学者也是可能做不到这一点的。

问：您不反对在诗歌创作中使用网络新词、热词，您会将其运用到翻译中吗？

答：我不反对，偶尔也用一用，但要恰到好处。词无所谓新旧，关键看你怎么用。有时我在翻译时也运用文言虚词，比如我译的策兰的诗句“阅读之站台：在晚词里”，这显然比照字面译为“阅读的站台在晚词里”在汉语里更具有一种句法的张力。

问：在译诗过程中，您有没有感觉到有些“中西差异”是不可逾越的？

答：一般来说，诗歌总是和原作者的个体生命以及它自身的语言和文化不可分割地结合在一起，这就是难度所在。比如说，怎样来把握曼德尔施塔姆的“个体呼吸方程式”（“这个方程式如同指纹一般，无法复制，为个人所专属”），这似乎就是“不可逾越”的。但是，也正是这种种难度，在“逼”一个译者找出其创造性的替代方案，或是采用乔治·斯坦纳所说的“补偿”策略，把那些丢失的东西补回来。这里不妨举出杜甫《赠卫八处士》中的一句“昔别君未婚，儿女忽成行”，你就必须把这个神使鬼差般的“忽”字译出来，因为这才是“老杜”写的诗，不能像有的英译本那样简单地译为“昔别君未婚，儿女已成行”。杜甫同一首诗中，“访旧半为鬼，惊呼热中肠”，对一个英译者也会是很大挑战，因为英文中没有类似于汉语中“肝肠寸断”这类的表达。这也涉及文化差异的问题。怎样克服这种差异而传达出原诗的力量，这对一个译者都会是很大考验。

问：您在一篇文章中介绍，美国诗人默温翻译曼德尔施塔姆，会加入不少自己的意象，比如“钟摆”之类。您觉得这是一种大胆的创造。您在翻译的时候会更进一步添加自己的意象吗？

答：一般来说我不会刻意脱离原文添加什么，但我会依据原文尽力使“纯语言的种子得以生长、成熟”（本雅明）。如曼德尔施塔姆《诗章》的第四节：“想象我是如何在十二寸的电火花中／慌乱奔走，在亲爱的老切尔登，／在喇叭形涌来的河流气息中……”这里的“十二寸的电火花”与“喇叭形涌来的河流气息”，都带有一定的“再创造”性质。再比如策兰晚期在柏林写下的《你躺在》一诗，充满了对历史的沉痛，诗一开始时我译为“你躺在巨大的耳廓中，／被灌木围绕，被雪”，如按原文译，应译为“你躺在巨大的倾听中”。但是，雪中的柏林，圣诞节前夜的柏林，不正是一个倾听历史和上帝之音的“巨大的耳廓”？这个由原诗而来的隐喻，不是背离了策兰，而是使这句诗更加策兰化了。实际上，在策兰的后期诗中，就经常运用医学、解剖学的术语和隐喻。

问：在译诗过程中，怎么拿捏冒险、刷新、改变、适度追求冲击力和“改写”之间的平衡？如何避免大幅度与原文失真？

答：翻译是一种赋予生命的行为，必须有创造性。翻译也可视为“另一种写作”，但这种“改写”却是有其自身限制的。我曾讲过翻译不能“太任性”，比如美国诗人洛厄尔把帕斯捷尔纳克多首诗的片段整合成一首诗，虽然有着它特殊的创造性，但我持很大的保留态度。但是，帕斯捷尔纳克本人的翻译我很欣赏，比如《哈姆雷特》中的“时代的鞭笞和轻蔑”，他却译为“谁能忍受统治者虚假的伟大、权贵们的无知、普通人的伪善，个人的看法无法表达，心中的热爱得不到回报……”帕斯捷尔纳克是在最受压抑的处境下翻译《哈姆雷特》的。从“忠实”的角度看，他的确是在“冒险”，但是没有这种冒险，一个激动人心的“俄语的哈姆雷特”也就不可能诞生。

问：在诗歌翻译中，“信达雅”能够作为最高原则吗？您对这原则有什么看法？

答：首先我要说，我的翻译和“信达雅”没有什么关系。“信”当然是一个原则，但问题在于“雅”，鲁迅就曾一针见血地指出严复翻译的问题：“中国之译佛经，汉末质直，他没有取法。六朝真是‘达’而‘雅’了，他的《天演论》的模范就在此。”

因此，“信达雅”不仅不能作为“最高原则”，对它还必须重新审视。对于“信达雅”的流弊，有识者早已看得很清楚。在“信达雅”这一套影响下的大量翻译，“信”谈不上，忠实、精确、透彻的译解谈不上，倒是毫不费力气就坠入了那种附庸风雅的、迂腐的、堆砌的、矫揉造作的、所谓“文学化”的“雅”。卞之琳、穆旦、王佐良等前辈诗人译家，就一直对之保持警惕。到了现在，我们更需要从这“三字经”的魔咒中解脱出来。我也相信，我们这个时代正在形成它自己的翻译诗学。

问：对这些译作，读者大致有什么反响？说说您印象深刻的事。

答：策兰的诗在中国已很有影响了。几年前在天津第一次见到诗人朵渔，他这样说：“王老师，你不知道你翻译的策兰对我们是多么有影响……”一时间连我自己都有点儿不好意思。诗人多多说他就读我翻译的策兰，“一遍，二遍，三遍！”至于对我近年来翻译的茨维塔耶娃、曼德尔施塔姆等诗人的诗，也有不少热情的评论，“激动人心的翻译”“他洞悉了诗和翻译的奥秘”“必将深入而持久地影响汉语诗歌的气候”（见一些书评语），等等。当然，也有“挑刺儿”的，这很正常。比起创作，翻译更是一个充满了争议的领域。我只想说，我对我翻译的每一首诗负责。

问：一个老问题："知识分子写作"的意涵是什么？在您看来，什么人才算得上"知识分子"？

答："知识分子写作"不是一个流派，它提示的，可能是在中国语境下所需要的某种写作品格和精神，比如说，一种独立的，不依附于任何权力，也不仰仗于任何商业炒作的写作，一种沉潜的、个人的，同时富有知识分子的批判、质疑、内省精神的写作，一种具有高度的专业限定意识，同时又具有历史、现实和人文关怀的写作，等等。至于什么人才算得上"知识分子"，别的不说，我翻译的那些诗人都是。但他们都不需要任何标签。他们也远远超越了这一切。也可以说，当我们在谈论"知识分子写作精神"时，有时不过是在谈论"道德的最低限度"。

2015年9月

关于“创造性翻译”教学[①]

为何把翻译也纳入“创造性写作”课程

在大陆高校中，复旦大学、中国人民大学等高校在十年前就开设了“创造性写作”课程。现在多了，但也有点儿变了味，成了“创意写作”，听上去像是搞什么广告文案设计似的。但我还是坚持“Creative writing”的本义（因为文学创作不单是创点什么意，它始终是一种综合的语言创造活动），不但坚持，还把翻译纳了进来，统称为“创造性写作和翻译”。这在大陆高校的中文系中还很少见。

“创造性写作”的目的是培养学生的创作能力，即使不能培养作家诗人，也要唤醒学生们对文学的热爱，唤醒他们的创造精神，使他们得以打破平庸，在诗的光芒下刷新和提升自己。除了这样教创作，在我看来，翻译也是一种很好的文学训练。现在的学生外语都不错，只是他们从来没想到可

① 本文为在香港中文大学“文学创作教学研讨会”上的主题发言讲稿。

以译诗。我的教学经验证明：翻译是引领学生进入诗歌的最佳途径之一，也是训练他们的语言敏感和创作能力的有效方式。诗人卞之琳就是先练习翻译然后“写新诗寄感”的。庞德（Ezra Pound）在其晚年对年轻诗人默温这样说：“翻译将教给你你自己的语言”（“translating will teach you your own language”）。我带的一位亚美尼亚研究生罗伯特·察杜梁在课程感言中就这样写道：“作为一个留学生，我面对很多困难……而我们的课堂有一种高于所有语言的品质，那是诗的语言。我们无法创造出比它更好的语言，它激励着我们去做翻译。成功地译出一首诗确实是值得骄傲的。”

为什么把翻译纳入“创造性写作”课程，这还关涉到我们对文学翻译的认知。诗人布罗茨基对翻译的要求是：“翻译是寻找对等物，而不是替代品”（“Translation is a search for an equivalent，not for a substitute.”）。这意味着你得有能力替你的翻译对象在汉语中写诗。如果说翻译的第一步是读懂原诗，第二步就是重构一个与原作“等值”的文本。它要求我们能够胜任，能够担当起一部作品在汉语中的命运。所以教翻译，在这种意义上就是教创作，就是培养一种在深刻理解的前提下对原作进行创造性重构的写作能力。

从理论层面看，正如本雅明在其《译者的使命》[①]中所定

① Walter Benjamin: “The task of the translator”, Illuminations, ed. Hannah Arendt, Schocken Books, New York, 1988. 中文译文参见张旭东译文《译作者的任务》，《启迪：本雅明文选》，三联书店2008年版。

义的：翻译是一种文学“样式”，是一个和创作相通但又为创作本身所不可替代的领域。它有着自身的独特价值。它不是“从属性的”，用本雅明的话来讲，它在根本上出于对“生命”的“不能忘怀”，出于语言的“未能满足的要求”。这样的翻译不同于一般的语言转换，它寻求的也不是“交流”，而是立足于语言自身的发掘、刷新和创造。它寻求的，是“在诸语言的演化中将自己不断创造出来的东西”。

在我看来，在中国新诗史上，像梁宗岱、戴望舒、卞之琳、冯至、穆旦、王佐良这样的诗人译者，在很大程度上，也正是本雅明意义上的译者。他们那些忠实而又富有创造性的翻译，不仅使原作的本质得到了“新的更茂盛的绽放”，也把翻译提升为一门值得我们为之献身的艺术。

正因为如此，我们的课程把创作和翻译放在了一起，并使它们相互贯穿、打通。如果大学也能培养诗人，我最想带出的，也正是那种诗人兼译者类型的诗人。像以上提到的那些诗人，正是他们在新诗史上树立了“诗人作为译者”这一“现代传统”。

回到“创造性写作”上，翻译训练也正是培养“创造性人才”的有效方式。同创作一样，文学翻译要求有个性，要求独具的理解力和语言创造力。如果说翻译是译作与原作之间的搏斗，一个译者就必得带着他自己生命脉搏的跳动，带着原著与译文之间那种“必要的张力”。茨维塔耶娃在谈翻译时就认为要与“千人一面”的翻译进行斗争。我经常让学生们翻译同一首诗，就是要训练他们从事“个性化翻译”的能力，或者说，迫使他们在翻译中找到那“独特的一张面孔”。

“诗歌只允许卓越”，博尔赫斯曾如是说。诗的翻译同样如此。正因为如此，翻译训练有可能成为对学生创造能力的一种提升。就现有状况来看，人们在翻译观和翻译方法上大都比较陈旧，除了其中的佼佼者，他们提供的，大多是一种中规中矩的翻译，但还不是一种具有足够艺术勇气和创造力的翻译。乔治·斯坦纳曾感叹“伟大的翻译比伟大的文学更为少见”。这不仅道出了历史事实，也让我们听到了某种更高的呼唤。

当然，这是一个过高的目标，但是，通过翻译实践引领学生进入一种真正的诗的创造状态，却是可以期望或做到的。我曾译有曼德尔施塔姆这样的诗句：“这个地区浸在黑水里——／泥泞的庄稼，风暴的吊桶，／这不是规规矩矩的农民的土地，／却是一个海洋的核心。”我们的教学，就是要尽力引领学生从一片“规规矩矩的农民的土地”，进入这样一个令人惊异的“海洋的核心”。

“创造性翻译”：理论与实践

在汉语世界，多年来对翻译的首要要求是“忠实”。但是，如果不能以富有创造性的方式赋予原作以生命，这样的“忠实”很可能就是平庸的，甚至是毫无意义的。本雅明就这样说：“如果译作的终极本质仅仅是挣扎着向原作看齐，那么就根本不可能有什么译作。”因此，如同“忠实”，“创造性”同样也应该成为对翻译的要求。

当然，虽然说“忠实”是一个可疑的神话（严格说来，翻译从一开始便是不忠实的），但我们不妨仍沿用这一概念。问题是怎样理解“忠实”：有那种亦步亦趋的、字面意义上的忠实，但也有一种通过“背叛”达到的忠实，当然我们还可以看到一种“更高的忠实”，那是卓越的、伟大的翻译所达到的境界。

而我们的教学，就在于从理论和实践层面上引导学生们领会这一切。为此我在课堂上运用了大量的翻译个案和译本比较对照分析——

“庞德式的翻译”（“Poundian translation”）：庞德的《神州集》不仅影响了那个时代的诗歌，也极大地颠覆和刷新了人们对翻译的认识，对此后的翻译产生了深远影响，后来的许多英美诗人译者，就走在庞德所开辟的道路上。

德语诗人保罗·策兰对莎士比亚十四行诗和艾米莉·狄金森诗歌的翻译：策兰不仅以其“后奥斯维辛”的“晚期风格”对莎士比亚的“古典风格”进行了大胆的重写，也极富创造性地通过翻译“给语言一副新的身体”，等等。

对这些西方诗人译者的翻译，我都做过具体的讲解，并侧重于他们所带来的冲击和启示。当然，我也给学生们分析了许多中国诗人译者的翻译，如戴望舒对洛尔迦的精彩翻译，如袁可嘉译的叶芝《当你老了》：“只有一个人爱你那朝圣者的灵魂／爱你衰老了的脸上痛苦的皱纹”。对照原文“But one man loved the pilgrim soul in you，And loved the sorrows of your changing face”，我们会发现袁可嘉译得不拘泥于字面，而又抓住和强调了原作中最闪光的东西。有人指责袁可嘉译得不够“忠实”，但作为中文读者，我们都“宁愿”叶芝的原诗就是这个样子。这就像博尔赫斯所说：“为什么原文就不能忠实于译文？”

再比如穆旦对奥登名诗《悼念叶芝》第一节的翻译：从“他在严寒的冬天消失了”，到“积雪模糊了露天的塑像”，严寒的力量一步步加剧，尤其是“水银柱跌进垂死一天的口腔”，一个“跌进”（原文“sank”，下沉，下陷），不仅更有力量，也在骤然间给我们带来了巨大的寒意和“死亡的绝对性”！

当然，我们的课堂讲解不单是技术性的，更是在于让学生们对诗、对语言、对文学的创造性力量有更深入的领悟。美国诗人王红公（Kenneth Rexroth）对杜甫的诗翻译已很有影响。如他对《对雪》最后两句“数州消息断，愁坐正书空”的翻译：“Everywhere men speak in whispers. / I brood on the useless of letters.”（“各地人人压低声音说话。/ 我思考文学多么无用”，钟玲译文）这种大胆的、出人意料的翻译，可以说创造出了另一首诗，却又正好与杜甫诗的精神相通！这样的翻译，不仅刷新了对杜甫诗的认知，更重要的是创造了一种“语言的回声”。我们的教学，在很多意义上，就是为了让学生们能够听到语言对我们的呼唤。

我的课程，着意从多种角度引导学生领会何谓“创造性翻译”，但同时，我也会向他们指出翻译自身的限制。我认同的是那种忠实可靠而又富有创造性的翻译。说实话，与一些过于随意的“诗人译诗”不一样，我所坚持的是“忠实”“精确”和“创造性”之间的张力。你不能用你的所谓个性去“淹没”翻译对象，也不能“乱发挥”。因此，在强调创造性的同时，我十分看重翻译的精确性。德国诗人格仁拜因说过“在优秀的诗歌中，我们可以听到颅缝是怎样被缝合的”。在优秀的翻译中也应如此。这也是高难度的技艺。比如穆旦译奥登《悼念叶芝》中的一句：“你像我们一样蠢；可是你的才赋/却超越这一切”（“You were silly like us…”），这一个“蠢”字是多么直接，多么有力量！如果换成“愚蠢”，意思是一样的，也忠实于原文，但语感却完全没有了。这就是说，“诗的精确”不仅体现在词语、意象和细节上，也体现在语感、语气和音质上。策兰在翻译波德莱尔时说过一句话：“诗歌就是语言中那种绝对的唯一性。”翻译的精确性，就是要去接近这个“绝对的唯一性”。

正是这样的教学，使学生们对“创造性翻译”有了更真切的领悟，也激发了他们的兴趣，李昕同学在课程感言中写道：“‘我喜欢翻译的’，放到一年前，这样的话不会让我过多停留，但此时有些不一样了。翻译还是一种创作。谁又能否认翻译中有创作的成分、要求创作的才华呢？问题在于，翻译对创造力的要求，是非常苛刻的。自己写吧，大可信马由缰。而翻译，有一个框框。这框框，不仅是字里行间的意思，甚至还包括作者的意图和文化背景。翻译作为创作，这或者近似于戴着镣铐跳舞吧，高妙的舞者仍然可以摇曳生姿，从而实现斯坦纳所谓的翻译中至难的补偿。”

“创造性翻译”教学实践

翻译是一种综合性的读解和语言创造活动。其前提首先是理解的透彻性，它和对原作的体认程度及洞察力有关，接着就是艺术再现时词语的精确性，声音和语感的把握，语言的刷新，节奏的创造，等等。在教学过程中，这些方面都要注意到。

翻译的问题并不仅仅在于是否“精通外语”，更在于能否与一颗诗心深刻相通，从这个意义上看，翻译是一种“体认”（斯坦纳称庞德掌握有“翻译艺术中的最高奥秘”，即他能够“将自己潜入他者之中”），也是一种“辨认”——这至少是自我与他者的辨认，以及两种语言之间的艰辛辨认。我们的教学，首先也必须把学生引向这种“辨认”。

2013年间，我应邀参加爱荷华大学国际写作项目，其间全程参与了创造性翻译研究生班课程。他们在课上以讨论为主，一学期下来，个个都有长进。

在我们的课程上，也采取了讨论的形式。这里是一个例证：如对里尔克《预感》一诗的翻译。我首先要求德文系冯健同学按原文“直译”（即完全依据原文的句法和用词，不增不减不做润色）出这首诗，下面为他的译文的第二节：

于是我懂得了风暴而激动如海
我展开我又陷回我自己
我挣脱我，完全独自
在伟大的风暴里。

冯健同学懂诗爱诗，多次在课堂上用德语朗诵诗，同学们戏称他为“年轻的里尔克”。他对这首诗的翻译，同学们说“很有德国味”，语言准确干净，能够抓住里尔克诗歌作为“存在之诗”的特质。

在讨论了冯健的译文后，我让同学们来看诗人陈敬容著名译文的第二节：

我认出了风暴而激动如大海。
我舒展开又跌回我自己，
又把自己抛出去，并且独个儿
置身在伟大的风暴里。

除了种种差异外，陈敬容译文中最重要的一句即是“我认出了风暴而激动如大海”。冯健同学依据原文“Da weiß ich die Stürme schon undbin erregt wie das Meer”译为“于是我懂得了风暴而激动如海”。原诗中的“weiß”（wissen）的本义就是“知道，了解，懂得，熟悉，记得”，而不是陈敬容译的“认出”。但是，她又是译得多么好！什么是“翻译的辨认”？这就是，这才是风暴到来之前对生命的最深刻的辨认。陈敬容译得也许并不完美，但是她凭一个诗人的直觉抓住了一个决定性的瞬间。在这一瞬间，里尔克成为里尔克，或者说，他的中文译者一下子把我们带入他的精神风暴中了。

看来“翻译的辨认”并不是仅仅靠字面上的“忠实”就可以达到的。这更为艰辛和深刻。这需要对原诗和诗人更透彻的理解，同时需要创造性的语言劳作。

再如对波兰女诗人辛波斯卡《可能性》的翻译。我们不仅在课堂上对照不同译本进行讨论，在这之后，我又指导学生译出辛波斯卡的资深英译者卡瓦娜的文章《失去的艺术：波兰诗歌及其翻译》，并在课堂上讲解这篇文章，使同学们对具有“特殊创造力”的波兰诗歌、对诗歌翻译“这门失去和获得相互交织的艺术”有更深入的体悟。

这里我也附上潘晓云同学关于辛波斯卡这首诗的课程作业，从中可见课堂讨论的活跃气氛和同学们对诗的发现与喜悦：

> Prefer和Possibility是两个相连的，充满幸福的词，它们代表着充裕和丰富。三个译文中，“种种可能”显然是最好的一个，它强调数量上的种种，而不仅仅是空洞的可能性。
>
> 而“偏爱”（陈黎、张芬龄译本）显然优于

“喜欢”。并非是不喜欢其他的东西，只是偏好这一种。诗作的结尾，再没有比“存在的理由不假外求”（陈、张译本）更好的翻译了。无论是“存在自有它存在的道理”（李以亮译本），或是英译的“that existence has its own reason for being”都仅仅是内部性的考量，而“存在的理由不假外求”却将内部与外部联通，在与世界的互动中维持自我的独立。仅此一句，就体现了翻译的极致，不是保持表面的忠实，而是升华原文。

中译“我偏爱在手边摆放针线，以备不时之需”（陈、张译本），而英译是“I prefer keeping a needle and thread on hand，just in case”，英译“just”是一个妙笔，我偏好在手边放着针线，并不是总用，仅是为了不时之需，也许根本不需要这样做，但是我偏好，这便是存在的最震耳欲聋的理由。

每次读到这首诗，我都试图在脑海中拼凑一个狡黠、聪慧又充满洞察力的女子，但是却失败了。这并非是不幸的失败，而是幸运的失败，因为每一行诗都可以有种种解读，为什么偏爱狡猾的仁慈？为什么偏爱早早离去？这个绚丽的充满无限可能的世界大概就是《种种可能》一诗的真谛吧。

在教学中，我也以我自己的翻译为例，以使学生们能切实体会到一个译者是怎样“在密切注视原作语言的成熟过程中承受自身语言降生的剧痛”（本雅明）。如我以上提到的曼德尔施塔姆的“泥泞的庄稼，风暴的吊桶”这类奇异的意象，其实都不拘泥于字面原文，而毋宁说是一个译者在原作基础上对“纯语言”的发掘。不管怎么说，只有以这样的“再创造”，才配得上曼德尔施塔姆在语言上惊人的创造力。

人大哲学院研究生、青年诗人陈庆写道：“我选修过王家新老师的翻译课，如分析策兰对莎士比亚十四行诗的翻译，策兰面对的是经典文本，而他的翻译则将其变成了‘可写文本’，他通过翻译达及了翻译性本身。看上去似乎在‘篡改’原作，却使原作获得了其在未来的存在方式。”“王家新老师自己的翻译也向我们昭示了：真正有意义的翻译是为了原作的‘来世’的翻译，是为了语言自身刷新和成长的翻译，它在给予原作以未来的同时，也给予我们自己的语言以变革的冲击和刺激。”

是这样吗？不管怎么说，我们已来到了一个新的临界点上。我也愿意以我的写作、翻译、研究和教学朝向一种与我们这个时代相称的翻译诗学——用策兰的一句诗来说：“在未来北方的河流里／我撒下一张网”。

2016年6月3日

“鸟儿飞来并把我们当鸟儿问候”

顾彬先生有很多身份：汉学家，教授，诗人，翻译家，作家，批评家，等等，但对我来说，更重要的，这是一位可以坐在一起“把酒论诗”的朋友。有了好酒我就想起他，想要与他一起分享，正如我有了好诗一样。

作为一个具有广泛影响的文学人物，顾彬多方面的成就不用我来说，我只谈谈近年来他用中文创作的散文，还有他那些新写的诗作。他那些犹如“老树抽新芽”的爱的哀歌，甚至令我想起了歌德的“第二度青春”。不管怎么说，他没有“吃老本”，他在不断地“立新功”。或者说，他在不断地和文学“谈恋爱”。他的生命在熊熊燃烧。

重要的是，近些年来顾彬不仅在散文和诗两方面齐头并进，他还为自己创造了一个新的身份：一个用汉语创作散文的“德国中文作家”。而这在西方汉学家中十分罕见。在我看来，这也是他一生中最炫目的一次尝试。他不仅迎向了这一挑战，而且胜任了这一新的身份。几年来，他可能已用中文写有好几十篇散文，在《南方周末》《羊城晚报》《齐鲁晚报》等报副刊和《青春》杂志上开有散文专栏，受到读者关注。别的不说，一次我在我的微博上贴出了他的《翻译与死亡》等散文，几天内被大量转发，还有许多读者留言，盛赞其散文，或是说他们发现了“另一个顾彬”！

在媒体上经常出现的顾彬，可能会给人以某种过于直言，甚或“偏激”的印象，而用中文创作散文的顾彬，却是一个幽默可爱、富有智慧和性情的作家。他不仅“真会写散文”，而且在语言上具有一种特殊的创造性。作为一个散文家，顾彬绝不满足于仅用中文“正确地”或流畅地表达他的“意思”，更值得注意，也更可喜的是，他用汉语创造了一种鲜明的、富有个性和特殊味道的文体——“顾彬体”。比如他这样谈论一位中国诗人的诗：“写诗，这就是回故乡，就是回家。不一定是衣锦的还乡，也不一定是夜行的还乡，很可能是白日穿着破衣服的还乡。”（《衣锦夜行的还乡》）一读，我们就知道这是顾彬的语调和文体。在《翻译与死亡》中，他在引用了苏格拉底的“搞哲学这就是学死”之后，这样发挥说：“搞翻译是好好学埋葬自已”，“所以我每天从事翻译，我同时每天学爱，学死，学一千个爱，学一千个死”。这种“顾彬式的中文”读起来“怪怪的”，但却让人由衷地喜爱。甚至可以说，他以他的方式重新“发明”了汉语。

写到这里，我又想起了策兰的“我从两个杯子喝酒”这句诗。而这“两个杯子”之于顾彬，一是德语，一是汉语。他同时从两个杯子喝酒，并把它们奇妙地调兑到一起。他穿越于不同的语言文化之间，并形成了一种特殊的不同于一般诗人的吸收能力和转化能力，比如他这样运用了汉语的意象：“我们喜欢冰水，／不喜欢热汤，／我们喜欢明亮鱼缸，／不喜欢黑锅。”一顿中国晚餐，竟让他产生了如此奇妙的灵感！这种别具匠心的挪用、嫁接、改写和“陌生化”手法，已成为他诗歌和散文中惯用的语言策略了。

我们都知道，顾彬爱喝中国白酒，“诗酒不分家”这句中国老话，用在他那里正合适。读他的散文，我就闻到浓烈的酒味。也许，正因为这种“陶醉”，他和汉语建立了一种“亲密性”，如《白酒与诗歌，瓶子和空虚》这篇散文，就充满了动人的情趣：“58° 以下的酒对我来说不是酒，是水，可以用来刷牙，也可以用来洗脸，但是不能用来作为仙人。”他要借酒成为的“仙人”，不消说，是李白式的仙人（他早年爱上汉语就是从李白的一首诗开始的）：

> 麦安是一个才女。我估计她那个晚上感觉到，除了郑愁予与我以外，饭馆还有一个更好的诗人。麦安懂买好酒，她买的是太白白酒。我们在舞台上还没有喝光第二瓶酒，第三瓶已经失踪了。瓶子会飞吗？如果学好了列子凭空虚游仙的方式，连瓶子也可以飞。所以每一瓶子还是满满当当的时候，它应该慢慢学“空”。空了，它可以从柏昂飞到金门

去。它当时飞起来，自己回酒岛吗？

这里描述的，是和诗人郑愁予、女艺术家麦安一起在德国柏昂喝酒的情形，“除了郑愁予与我以外，饭馆还有一个更好的诗人”，这就暗示了李白的“在场”，不仅如此，还由此展开了想象：“第三瓶已经失踪了”，被李白偷喝了吗？或，它自己飞走了吗？而接下来更为奇妙，不仅借用了列子凌空游仙的神话传说，而且十分哲学化：它应该慢慢学“空”（显然这也来自中国思想）。“空”了，生命才能化沉重为轻盈，才能飞起来。飞向哪里呢？因为诗人郑愁予出生于金门岛，所以，它自己要飞回到那个“酒岛”！

这又应合了诗人说过的那句话：“写诗，这就是回故乡，就是回家。”不过这里的“故乡”和“家”，显然已不仅是他的德国（虽然他对故乡仍充满感情，他就曾带我访问过他的位于下萨克森州的策勒小城家乡，他给我看巴赫当年曾在那里演奏过的教堂，并在大街上寻闻“童年时烤面包的香味”），而是他用“双语”（德汉）为自己创造的一个家园。这里，我们不妨看看他在谈翻译时说过的一段话：

> 在德语中，翻译这个动词是uebersetzen，它的第二个意思是“摆渡”。……从此岸送达彼岸，从已知之域送达未知之域，连船夫自己也参与了这种变化。……翻译也意味着“自我转变”：把一种外国

语因素中的未知之物，转变为一种新的语言媒介，
在这种创造性的活动中，我的旧我离世而去。

——《翻译好比摆渡》

了解了他的这种翻译观，我们就可以感到：他写诗，他翻译，他从事中国文学研究，他用汉语创作散文，就是为了从此岸到达彼岸，从已知到达未知，就是为了生命的更新和“自我转变”。这是一种来自德国的伟大传统吗？是的，瓦雷里当年就曾这样赞叹歌德：“他做到了认识自己、失去自己，重新找回并重新塑造自己，成为不同的同一个人和另一个人。”（《纪念歌德的演讲》）

至于诗歌，顾彬在德国已出版有五六部诗集了。他翻译成汉语的诗集，在大陆有《顾彬诗选》（莫光华、贺骥、林克译，四川文艺出版社），在台湾有《白女神，黑女神》（张依苹译，台北秀威出版公司）。现在，我又很高兴地读到由海娆翻译的他的一本新诗集，我不仅佩服于他的多产，也为他丰富的灵感感到喜悦。以下，我们就来看看他的一首由海娆译出的近作《花莲诗人——致陈黎》：

在这臭豆腐依然刺鼻的转角，
我们开始了第二次旅行。
诗人不穿袜，也不穿结实的鞋，
却感觉良好。就这样赤脚走在凉鞋里，

他在每一个秋天诞生，如从头开始。

重要的是：他不再变老，如那些
不穿保健鞋的诗人。我们在远方的听闻
就来自附近他的家乡：大地在我们抵达之前
曾经战栗。我们也战栗
穿着沉重的鞋，因为害怕，

最后的亭阁将成混凝土，最后的诗歌
会来自售货机，最后的蚊子将捐献鲜血。
没什么会像两年前那样，当太阳炫目，
我们在山雾里憩息，并追问大海，
何须雨水来更加潮湿，

好像我们并不知晓，所有的雨都不请自来。
松园的水塘最近好吗？我们将在那里
而非海上，开始第二次旅行，
还将吟唱远方的歌谣，鸟儿把我们
当鸟儿问候，它们亲吻水面，

仿佛是水带来吉祥而非毁灭，如从前的历史。
海边最后的防守，被诗歌庇护，
被韵律溺爱。有人在此留下

鬼墙，天皇画像，甜点和硬币
给孩子，并在防空洞里偷生，

未曾料到我们关于尿布的诗意对话，
以及与狗的故事，那只接到电话自己外出方便的狗，
更未料到毛巾能与剩菜相伴回家，
而非笔记本上的字句。是的，最后我们也惊讶。
诗会之后，父母带着孩子们明亮的灯笼

回家。我们呢？踩碎蒜瓣
聆听诗人最后的传奇：他喝母乳
直到九岁，因此牙齿洁白
八十四岁还腰身强壮，也不怕聆听
海涛拍岸，不再充当字母动物。

只有忧郁选择更美的日子，孤独是它
最后的幻想。它将人一分为二，白天的人
和夜晚的人。博纳文图拉是我们曾经的名字，
也将再次是我们的名字，因为我们只在表面揣猜深度
如同今天在太平洋海滨，在被拽入海底深渊之前。

花莲位于太平洋海滨，为台湾最美的地方之一。在花莲临海山坡上的松园别墅里每年都举行一次“太平洋诗歌

节”，由花莲诗人陈黎主持。该诗即是顾彬去年再次应邀参加“太平洋诗歌节”（“第二次旅行”）的收获。我在去年也参加了该诗歌节，在那里度过了美好的三天，因而读来首先就感到亲切。

“在这臭豆腐依然刺鼻的转角，/我们开始了第二次旅行。”诗一开始就“不同寻常”！通向松园别墅的山坡下的拐角有一家小餐馆，女老板就在路边现炸现卖臭豆腐干，它的味道的确很“刺鼻”，但没想到居然可以写入诗中！这不仅见出顾彬善于发现细节的能力，而且体现了一种特殊的文化敏感：对一位“西方诗人”来说，还有什么比臭豆腐干“更中国”的呢?

接下来写“花莲诗人”陈黎。作为诗歌节主持人，他上场只穿着一双凉鞋。这不仅体现了他的自由性情和平民气质（“我偏爱穿便服的地球”——这是他所译的辛波斯卡的一句诗），也给一位惯于穿西装打领带的“严肃的德国人”带来了一种刺激：的确，只有“赤脚走在凉鞋里”，或者说，只有摆脱掉很多东西，才能开始一种诗的旅行。

而在亲切、幽默的语调中，还隐现了另外一些让人不安的东西：“大地在我们抵达之前/曾经战栗。”这指的是花莲的地震，但也恰好隐喻着人类存在所受到的威胁。这看似不经意的一笔，给全诗带来一种“复调”性质，也给诗的结尾埋下了伏笔。而接下来的“最后的亭阁将成混凝土，最后的诗歌/会来自售货机，最后的蚊子将捐献鲜血”，也将顾彬的另一面——一个忧郁的“末世论”的诗人展现在我们面前。

但该诗最令人动容的，还是诗人的从容、幽默和想象力。也许正因为那隐隐的忧患，他才倍加珍惜当下。诗的第四节分外动人：“所有的雨都不请自来”，因为诗歌的多情。“松园的水塘最近好吗？”这看似平常的一问，在我读来却很受触动，而接下来的“鸟儿把我们／当鸟儿问候，它们亲吻水面”这一句，更令人叫绝了，它不仅亲密，用德国的方式来表述，它还有一种神性的轻盈。

耐人寻味的，还有诗中那些丰富的细节。花莲是地震的摇篮，但也是诗人的摇篮，除了陈黎、陈克华、陈义芝等人外，这里也是著名诗人杨牧的故乡，因而顾彬会这样动情地写道：“海边最后的防守，被诗歌庇护，／被韵律溺爱。”他在这里听到种种“诗人最后的传奇”。而最为动情的赞颂还是这两句：“是的，最后我们也惊讶。／诗会之后，父母带着孩子们明亮的灯笼／回家。”

而我读到这里，仿佛花莲山坡上的松林之夜再次被照亮了。是的，孩子们！在花莲，我就看到那么多孩子参加诗的活动。因为诗歌节的主题为“诗的遨游”，孩子们上场朗诵波德莱尔的诗：“那儿，一切是和谐，美，丰盈，宁静，与欢愉”，那还带着童贞和稚气的读诗声，听得人要流泪。不过，关于灯笼的这一句，顾彬又是怎样想象出来的呢？我在那里似乎就没有看到。我愈发为顾彬的想象力惊讶了。

不过，如果仅仅限于赞颂，顾彬也就不是顾彬了。他这首诗，还有着更出人意料的一面，那就是它的最后一节。即使在“和谐，美，丰盈，宁静，与欢愉”的时刻，他也能抽身而出，回到一个更内在的自己，或者说从一个“白天的人”回到“夜晚的人”。诗接着出现了“博纳文图拉”这个名字。这对中国读者很生僻。这大概是顾彬有意为自己保留的某种私密暗码。我问了顾彬，并上网查了查，它应出自19世纪德国作家August Klingemann的《博纳文图拉守夜》，博纳文图拉是一位中世纪意大利的神学家、圣徒、神秘主义者。看来这位“守夜”的圣徒对顾彬影响甚深（我们不要忘了顾彬早年即是学神学的），他把他从德国一直带到了太平洋海滨！

更令人惊异的，自然是全诗的最后两句：“我们只在表面揣猜深度”“在被拽入海底深渊之前”。就像撑船人，诗人在这里“一篙子撑到了底”！或者说，他不仅由此写出了存在的神秘，而且暗示了死亡的“跳跃性”——它猝不及防，可将人一下子“拽入海底”！

这让人不能不受到震动，并惊叹于诗人的思想勇气。而顾彬这样写，在我看来也并非突发奇想，而是出自长久以来他对死亡、对时间的力量的深切体验。这句诗出现在最后也恰到好处：它恰像“压舱石”一样，使一首诗得以成立。

这种“结尾的艺术”与该诗那个“刺鼻”的开头相互映照，不仅多角度、多侧面地呈现了一次造访，也将一个丰富而又深邃的诗人一层层展示出来。

顾彬曾有“二十四曾是件衣裳 / 里面光亮 / 外面夜”这

样的诗句。这首诗同样写出了生命存在的里里外外。它不仅吸收了中国语言文化的多种元素，也不仅体现了某种“视野融合”，他还能把这一切统一在一种个人音调里。“他置身于不同语言文化之间，但他的诗不是文化猎奇。他不断地‘朝向他者’，而又深深扎根于自身的存在——一种内省的不断受到困扰的个人存在。这就是他的‘严肃性’之所在。”这是我以前所写的关于顾彬的一段话，用来评述这首诗同样有效。

但顾彬不仅是“严肃的”，他同样是有趣的；不仅是“爱提问题”的，又是致力于“语言的欢乐”的。不管怎么说，正如诗会之后“孩子们明亮的灯笼”照亮了夜色，这首诗给我们带来的，最终仍是一种愉悦。纵然这种愉悦伴随着一种隐隐的“大地的战栗”，纵然我们知道我们也终将会被“拽入海底”，但是，还是让我们赞颂——因为臭豆腐的刺鼻味道也可以写入美妙的诗篇，因为有那么一刻，鸟儿飞来并把我们当鸟儿问候！

2015年

百年新诗回望[①]

新诗的资源

问： 新诗舍弃了旧体诗的格律、语言、创作经验以及美学传统，这种与传统的割裂，后来引发了很多人的反思。对此您是怎么看的？

答： 只能说新诗舍弃了旧体诗的格律及语言形式，千百年来的创作经验及美学传统其实仍内在于其中。至于五四前后与传统的割裂，虽然在今天需要反思，但在当时乃出自历史的必然。也只有经过那么一次“割裂”，我们的语言文化才有可能迎来新生。我参观过江苏的一个百年桃园，那里的老树全都拦腰锯掉了，真让人心疼，但是如果不截断老树并嫁接新枝，它就无法再结出果实来。五四即是这么一个“下狠手”的

① “关于百年新诗的一次对话”，访谈嘉宾：谢冕、叶延滨、吴思敬、王家新、谢有顺。访谈者为《人民日报》文艺部张健。访谈内容部分刊发于《人民日报》2017年4月7日。

时期。

如果还不说明问题，那我们再重温一下穆旦早年的《玫瑰之歌》：“我长大在古诗词的山水里，我们的太阳也是太古老了／没有气流的激变，没有山海的倒转，人在单调疲倦中死去。”而这首诗的最后是：“一颗冬日的种子期待着新生。”

问：现在一些诗人提出要复兴中国古诗的传统，您是否认可？新诗如果向旧体诗学习，主要是汲取哪方面的营养？

答：传统仍活在我们的血液中。如果你骨子里面没有这个东西，你穿上长袍马褂也没有用。至于向古典诗歌（这里我不用“旧体诗”这个概念）学习，这首先要求我们能够进入其内里、渊源和“文心”所在，否则学到的只会是些皮毛。另外，这也并不意味着对他者的拒绝，我曾写过一句诗“为了杜甫你还必须成为卡夫卡”，这在今天看来仍得如此。

问：新诗在发展中，有的主张“戴着镣铐跳舞”，有的主张彻底打破旧体诗的格律。现在有评论家说：“新诗之未能成熟，就是吃了打破一切诗的格律的亏。”您怎么看这个问题？

答：诗歌乃是一种语言的乐器，其音调、节奏、韵律都至关重要。因此闻一多“戴着镣铐跳舞”的主张，在许多意义上我也是认同的，只不过诗无定法，也不可强求一律。新诗只能根据它自身的呼吸和语言的运作来形成自己的节奏，旧格律是完全无法套用的，也必须打破。

问：新诗的主要资源是西方诗学，那么西方诗学带给新诗哪些方面的影响？其中积极的与消极的因素各是什么？

答：这个问题同样很大。出于旧传统内在的危机和贫乏，新诗的创造需要借助外来刺激。但“西方诗学”也有各种各样的。惠特曼、英国浪漫主义、歌德之于五四时期的新诗，法国象征派之于卞之琳、戴望舒，里尔克之于冯至，叶芝、艾略特、奥登之于20世纪40年代现代主义诗歌，波德莱尔、洛尔迦、茨维塔耶娃之于早期朦胧诗，等等，我认为都产生了积极影响。至于“消极的因素”，比如王独清的“我从café中出来，身上添了中酒的疲乏”，受到法国早期象征派影响，看上去很“颓废”，但王佐良恰恰认为“中国新诗的现代主义”就是从这两句诗开始的。也只有经由这种“颓废”，才能达成一种“现代感性”。

问：在语言的音乐性、诗体的建构美、表达艺术、境界问题、诗歌的美与力等方面，能否把新诗与旧体诗做一些艺术上的整体比较？

答：它们各有其美，而又暗中相通，很难比较和取舍，尤其是从“整体”上。如果各拿出一首王昌龄和王昌耀（昌耀）最好的诗，我只能说我都喜欢。

新诗的“合法性”

问：虽然已走过一百年，但是一些论者认为新诗的“合法性”还没有得到确立。在您看来，是新诗的成就被矮化了，还是本身就存在着比较显著的问题？

答：关于新诗的争论，要历史地看。一些论者老是拿数千年的古诗来打压新诗，但我想如果李白、杜甫活到今天，他们也一定会和我们一样写作。这就是新诗的“合法性”，它早已成立。历史是没有回头路可走的。新诗的发展当然存在各种问题，但都不能拿来作否定整个新诗的理由。新诗顶着压力一直走到今天，而且愈来愈开阔、愈来愈壮大，也是任何人都否定不了的。

问：九叶诗人郑敏曾说：“新诗既没有继承古诗的传统，更没有形成自己的传统。”您认为百年新诗有否形成自己的传统，或者说新诗应该如何建构自己的传统？

答：郑敏是我尊敬的诗人前辈，但她这句话我很不以为然。她自己的女儿也在写新诗，这不就是传承？新诗由于战争和政治等多种历史原因，这百年间也是几经曲折和断裂的，它不可能像数千年古诗那样形成相对强大的传统，但它依然有源自自身的蓬勃生命力，有它自身的尺度和发展脉络，更重要的是，它会属于未来。对此我一点儿也不悲观。

问：诗歌是语言的艺术，诗歌怎么处理与语言的关系是诗歌极为重要的问题，百年新诗对汉语的发展有什么作用？

答：诗歌是对语言的发掘、提炼和提升。新诗的语言，从白话诗运动到艾青和穆旦的诗，再到当代诗歌，其语言的进展和活力有目共睹，它不仅在成就着自身，当然也对现代汉语的发展产生了重要作用。这里还应指出，新诗对语言的贡献，还应把众多诗人的翻译包括进来，比如说戴望舒译洛尔迦、冯至译里尔克、穆旦译普希金和奥登、袁可嘉译叶芝，等等，都深刻影响了我们的语言，因为这些诗人译者不仅译出了那么多好诗，而且通过翻译在锤炼一种对诗和散文都有效的语言，在摸索一种现代中国知识分子的说话方式。已故作家王小波就曾谈到查良铮（穆旦）的译文对他一生的影响，他甚至说："假如没有像查先生和王（道乾）先生这样的人，最好的中国文学语言就无处去学。"

新诗的成绩

问：新诗百年最大的成就是什么？在这一百年里，有哪些诗人、作品、诗论，您认为是最有价值的？在您心中，您最欣赏的是哪几位诗人？说三位即可，可否？

答：在我看来，新诗百年"最大的成就"就是它能够召唤一代又一代诗人投入到这项事业中。对我来说，这就够了。至于一定要说出哪三位，我愿说冯至、穆旦、昌耀（诗人多多我已多次谈过了）。冯至的诗和翻译很早就影响了我；穆旦对我来说是一位语言天才和诗歌圣徒，无论创作还是翻译，他至今仍是我的艺术榜样；昌耀的贡献不像冯至、穆旦那样全面，但在他的精神、语言和音调中都有一些很高贵的、苦难也不能磨灭的东西，仅仅一首他的《良宵》，就足以让我感到羞愧。

问：什么样的新诗堪称一首好诗？标准是什么？到现在

为止，新诗产生了哪些堪称经典的作品？

答：一部作品被称为“经典”，至少需要数代人的检验。判断一首新诗是否成功，也应来自全部文学史的考量。这样说很严格了。标准总是相对的，戴望舒的《雨巷》看上去很成功了，但他后期的《萧红墓畔口占》在我看来更成熟，也更耐读。但是不成熟也有它的意义，比如胡适的《尝试集》。所以当我们评判新诗时，不但要持审美的尺度，还应有历史的眼光。至于“新诗产生了哪些堪称经典的作品”，我很难列一份清单。“列清单”总是会冒着简单化的巨大风险。

问：百年新诗对中国文学、中国文化来说，有什么样的意义？您对百年新诗的总体评价是怎样的？

答：百年新诗对中国文学、文化肯定有着多方面的意义。从总体上看，虽然我也有很大的不满足，但鉴于种种历史原因，它能达成这个样子已很不错了。更重要的，是它的发展势头很好——它会无愧于我们的先人，也会在整个世界范围内产生更大的影响。慢慢来吧，就像冯至翻译的里尔克的《秋日》中的这几句诗：“让最后的果实长得丰满，/再给它们两天南方的气候，/迫使它们成熟，/把最后的甘甜酿入浓酒。”

问：古人对诗歌的作用有很多论述，有的说是抒发情志，有的说是反映时代，在您看来，诗歌的作用是什么？诗人与时代是怎样的一种关系？

答：中国的根本诗训为“诗言志”，并没有说要“反映时代”，这是当代社会的要求。但是一个诗人的“志”和他身处的时代必然会有一种联系。这就是为什么在“代言人”的角色消解之后，在诗人和他的时代之间依然会有一种深刻的相互纠缠的关系。我欣赏的，也是那些立足于自身存在而又对时代保持深切关注的诗人，不是那些满口“纯诗”行话、实则对生活和艺术都没有什么真正洞见的学语者。

新诗的未来

问：现在有人认为新诗越来越边缘化了，也有人说诗歌逐渐回暖，甚至到了“盛唐”的高度，对这种两极化的观点，您是怎么看的?

答：和商业文化、大众文化兴起而诗歌被“边缘化”的那些年相比，近些年诗歌的确在“回暖”。但和“盛唐”相比，我不知道这怎么比。说实话，对这种种说法，我从来也不当回事。我只知道诗歌自有它的生命力，在任何时代它都会生长。所幸的是，我们这代诗人中许多人都经受住了这种考验。

问：“网络诗歌”与“草根诗歌”的崛起，对新诗带来什么样的影响?

答：“网络诗歌”我知道，但“草根诗歌”我至今仍不清楚它的确切定义。但不管怎么说，我们这个时代诗歌的“生态”和传播方式都发生了很多变化。但是，变中又有不变，那就是诗歌严格的内在规定性。或者说无论怎样变化，作为一个写作者，你仍需要坐下来“面对一张白纸”。

问：您觉得新诗今后会朝哪个方向发展？您对新诗的寄望是什么？

答：作为一个诗的写作者，我无法对“整体”讲话，更不能预测未来。如果有什么“寄望”，那也只是对自己。写到今天，我只想用但丁的一句诗来要求自己：“你的笔要仅仅追随口授者”，如此而已。

2017年3月

读许立志的诗

许立志，男，1990年生，广东揭阳人。90后深圳诗人，曾被誉为“打工文学”接班人，于2014年10月1日坠楼身亡，警方疑为自杀。

这是百度上关于许立志的介绍。对“打工文学”“打工诗歌”这类命名，大家在讨论中已提出了一些看法。《我的诗篇：工人诗典》的编选者、诗人秦晓宇似乎还有“工人诗歌”这个命名。秦晓宇对扶助和推出打工诗人做了很多重要的有价值的工作，但他把北岛、舒婷、梁小斌等人当工人期间的诗作和现在的农民工诗作者的诗编在一起并统称为“工人诗典”，我是持保留态度的。因为即使从社会学的视角来看，现在的农民工也很不同于以前的“工人阶级”（即从传统的职业或阶级出发所定义的“工人阶级”）。单纯的“劳资关系”也不足以解释我们这个社会体制下的多重权力关系，甚至会造成阐释上的重大盲点。当然，秦晓宇等人对“打工诗歌”的解读并不这么简单，我只是希望我们的观察能够更接近真实一些。

重要的是具体的写作本身，像许立志的一些诗歌就远远超出了一些从不同立场和视角所做出的解读。我们要做的是发现问题、提出问题，并引发我们的思考——不仅是对“底层写作”这类文学现象的思考，还是对整个当代诗歌、当下写作的思考。

我们来看许立志的一首诗。可以说许立志的诗中，让我最惊异的就是这一首了：

一颗花生的死亡报告

商品名：花生酱

配料：花生、麦芽糖、白砂糖、食用植物油、食用盐、食品添加剂（山梨酸钾）

产品标准号：QB／T1733.4

食用方法：启盖后直接食用

贮存方法：开盖前于常温避光通风干燥处储藏，开盖后请密盖冷藏

生产者：汕头市熊记食品有限公司

厂址：汕头市龙湖区新溪镇北中村远东工业园B2厂房

电话：0754-8****278　857***68

传真：0754-8****060

保质期：18个月

产地：广东汕头

网址：www.stxiongji.com

生产日期：2013.08.10

这不是一个完整的，也很规范的产品说明书吗？是，但它又是一首诗！而且是一首让我们受到震撼但又一时难以应对的诗。

其实这类词语游戏并不少见，比如把菜单变成一首诗，等等。在艺术中也有所谓“现成品艺术”（如杜尚著名的《泉》），即把生活中的现成物品直接或稍加变动后当作艺术作品，使物品原来的属性、用途得以改变，在一种新的视角下产生出艺术的意义，等等。

许立志显然也很了解这类艺术手法（这也说明了他不同于一般打工作者的阅历和敏感），但是，他借用这一手法所写出的这首诗，其惊人效果却远远超越了一般的游戏之作，也超过了被人们视为其代表作的《流水线上的兵马俑》。就是这首诗，让我们对一切都刮目相看了，包括对写这首诗的他自己。

在一个讲座中，秦晓宇也特意举出了这首诗，称赞其“陌生化效果”：“他也是用比兴的手法借物抒情，用花生被压榨成花生酱来隐喻工人被压榨至死的命运。”的确，有一种强烈的“陌生化效果”，但用“比兴手法”“借物抒情”这类术语就很难确切地说明这样的写作了。

而我要请同学们留意的，是诗题“一颗花生的死亡报告”中的“一颗”。该诗书写的是大规模的死亡，批量生产的死亡，制造业流水线上的死亡，也是阿伦特、阿甘本所说的进入“赤裸生命”（bare life）领域（即极权统治领域）的死亡。但许立志所特意标出的却是“一颗花生的死亡报告”，这就是说，他着意把死亡个体化了。他所书写的不是抽象的死亡，而首先是立足于一个个体生命的至痛体验，也正因为如此，这首诗不仅显得更真切，在诗题与正文之间、在个体与大规模的群体之间也有了一种结构性张力。

这也说明，许立志的诗虽然往往指向了一个“命运共同体”，但他不是那种脱离了个体生命经验的集体代言人。他和许多打工诗人的作品（如郑小琼早期的作品）也在根本上不同于从前时代那种毫无主体性，并沦为政治工具的“工人诗歌”。从这一点看，许立志的写作和当代诗歌中那种坚持以个人存在为视角和立足点的写作完全是相通的。他的一些作品之所以真实感人，首先就在于它们是有血有肉的个体生命的言说。

此外，许立志的这首诗之所以需要留意，还在于它提供了一个和一般的“打工诗歌”有区别的超越性视角。我读过一些许立志“主观抒情”的诗，有一种强烈、直接的抗诉性，甚至充满了血泪，但这一次他“拉开了距离”。而这种拉开距离不是逃避，而是为了更高意义上的“诗的观照”。也只有“拉开距离”，他才有可能写得如此冷静，又如此高超。实际上，比起诗人自己的直接抒情，这种具有旁观审视性的诗，不仅更能体现一个诗人的洞察力，对人的心灵的冲击其实也更为强烈。

这说明，即使对“底层写作”而言，怎样找到更好的写作角度和方式，怎样运用更有效的写作策略或技艺，这也是有待提出的艺术问题。切身的生命经验是重要的，沉默者也有权发出声音，但是从生活到艺术并没有一条直接的路。我们会发现，许立志最好的诗，往往是他“跳出了自己”之后写出的，在那样一种写作里，他不仅得以审视自身与现实，他也把王国维所说的对人生的“进”与“出”有效地结合为一体。再比如《他们说》这首诗：

这机械的厂区盛满了多少工人的汗血
游走其中，我时常听到他们笨重的交谈
他们说，三年了，我没回过一次家
他们说，我老家在河南，四川，海南，广西……
他们说，等钱攒够了，我就和女友回家生娃
他们说，按年头算，我儿子今年也该有九岁了
…………
我像一个窃听者，在角落里记下他们说的
字字鲜红，然后洇开，凋谢
手上的纸和笔，叭嗒落地
他们说……

在这首诗中，诗的主人公是“他们”，而诗人自己只是一个“窃听者”和记录者（而且是在一个“角落里记下”）。诗上半部分的主要陈述均为“他们”的话，但这个旁听者却是一个与他们休戚与共，并默默地承受着冲击的记录者，而且他也很会选择，比如说他把“他们说，按年头算，我儿子今年也该有九岁了”这最令人心酸的一句放在第一节的最后，效果就很强烈；而全诗的最后两句“手上的纸和笔，叭嗒落地／他们说……”，从艺术上看也太好了！它不仅真切地传达出一种在场感、一种冲击力，其实也暗含了“见证是否可能”或“语言能否分担事物的沉重”这样的对整个当代诗歌都具有普遍意义的诗学问题。如果我们这样来看，全诗最后那个意犹未尽的“他们说……”也就太好了！它是结束，但又是开始，它创造了一个“永无终结的现时”：一切仍在进行，命运仍在进行，拷问也仍在进行，而无论我们能否记录、见证或承担。

这也说明，作为一种文学现象，“底层写作”在许多方面和当下一般的文学创作是相通的。许立志所面对的写作问题和很多当代诗人所面对的其实都是一样的。我们不要把它仅仅作为社会文献。现在，我们来看一位还在武汉大学读研究生的午言的一首诗，农民工题材及其问题已进入年青一代的写作中：

一个接近虚构的非虚构

他和蓝色移动板房一样，每次

无需暂住证的安置都意味着阶段性
居住稳定。去年，这所高校
要翻修图书馆，他便从内蒙古来到武汉
校园依山傍湖，有一百多年的历史
学生和教授多如蚊蚁，夜晚宁静
他在墙内工作，能听清三月的游人
并从中分辨出四川的乡音
他的妻子在南充的村落里舀水、淘米
侍奉老人。备耕的节气就要抵达，沉默
如不速之客瞬间降临。手上的工作
足以消弭戛然而止的兴味，那些
刚被拧紧的螺丝有些疼痛，试图应和
男人的波状情绪。下午，他被叫到
顶楼搅拌混凝土，这是他第一次
从十三层的高处俯瞰工地：围墙内外
醒目地分隔出人与人的差别。所以
他再一次想到儿子，然后不由自主地加快
手上的速度。吃晚饭时，他对老丁说
从楼顶往下看，还真是有点儿吓人

作者声称这首诗是“一个接近虚构的非虚构”。“非虚构”指的是现实中真实的事件或人物；“接近虚构”指的是要把生活转化为诗的努力，即把现实中的材料变为“现实—

种”。这首诗达到了作者的艺术目的。

该诗选取了一个农民工的视角，以短短的篇幅，容纳了城市与乡村、农民工与家人、当下与记忆、承受与希望、现实与“超现实”（这指的是诗最后的那种惊异感、眩晕感）。作者虽然还年轻，但已洞悉世上“人与人的差别”，更可贵的是，他有着某种“潜入他者”的生命体认能力和角色化能力。从这首诗来看，他还掌握了较为熟练的诗歌叙事技艺，他精心组织每一个经验层面，每一个细节和词语也都服务于整体：“学生和教授多如蚊蚁”，不仅写出了校园的拥挤和生命的卑微，其视角也与结尾“十三层的高处”相呼应；“在墙内工作”并“分辨出（外面）四川的乡音”，这样的描述使我们更接近于人物本身，有一种在场感；至于“刚被拧紧的螺丝有些疼痛”，像针尖一样扎人，但也到此为止，不做过多的渲染；“围墙内外 / 醒目地分隔出人与人的差别。所以 / 他再一次想到儿子……”（注意，这里不再是“妻子”），不仅有场景的对照，也暗示了人物的内心活动；至于最后一句，看似不经意说出，但又令人惊心，并使一首诗恰到好处地结束。

这首诗就题材而言，包括它的结尾一句，都让人联想到“打工诗歌”。作为一个年轻的校园诗人，午言当然和“打工诗人”的身份有别，但他写这首诗，不是出于猎奇，也毫无那种居高临下的姿态（虽然他的语言还过于“文气”了一点儿）。他要做的，是设定一种诗的情景，并由此进入生命。而在那种情景里，不仅是某一种身份的人物在言说自己，恰是在这个社会中我们每一个人自己的某种真实。

这也说明对“底层写作”关注的必要。它不只是发生在富士康或皮村的现象，不仅和我们的社会生存状况深切相关，也会引起我们对更普遍的文学问题的思考。

2017年5月

一个伟大的诗人离去了

昨天（当地时间17日早上），诗人德里克·沃尔科特“毫无征兆”地长逝于他在圣卢西亚的家中，享年八十七岁。得知这一消息后，我随即写下了如下诗句：“一个伟大的诗人离去了／有人在读他的诗／有人会写文章悼念／而我走到一幅画前／突然间，那画框变成了窗口／整个荷马以来的大海／向我涌来……”

不像布罗茨基的英年早逝，带给我们以震惊和哀痛，沃尔科特的离去，让我想到的是他自己雄伟而从容的诗句，或者说，我是在倾听那“伟大的六音步诗节”是怎样“拍岸到达终点”。

同时，这些年来我们与这位诗人的“因缘”也浮现出来。我也有机会见过他一次，那是在1993年的伦敦，距他头年获诺贝尔文学奖只隔半年时间，他如约从美国赴伦敦南岸艺术中心朗诵。令人激动的朗诵会后，我也排在了长长的读者队列中间。我还受国内朋友之托询问他出版中译诗选一事，他让我同费伯出版社（Faber and Faber）联系，然后，就忙着为下一个签名了。

中国的出版社那时还不能购买版权，但译介这位诗人却是必须的。1995年前后，我和沈睿编选出版的《最明亮与最黑暗的：二十家诺贝尔文学奖获奖诗人作品新译集》《钟的秘密心脏：二十家诺贝尔文学奖获奖作家随笔精选》都以沃尔科特开篇。为使中国读者更多了解，我们还合译了布罗茨基评介他的著名文章《潮汐的声音》。（《钟的秘密心脏》）

正是在组织翻译的过程中，沃尔科特作为一个诗人的非凡天赋和力量令人炫目地呈现在我面前。如他那篇《安娜》（郭良译）："穿过你的秀发我走进俄罗斯的麦田""你是全部的安娜，／你的胴体有个厌世的驿站"，多么动人！再如那首《玛丽娜·茨维塔耶娃》（沈睿译）："这是暴风雨的季节，茨维塔耶娃，／而大海低着头像一匹马一样站立"，简直太好了！他以惊人的诗艺将加勒比海岸的酷热（"我的干渴长进生锈的水龙头"）与俄罗斯的冰雪"焊接"在一起，真是令人惊叹。如今，这几首译诗已成为经典，经常被人们提起。诗人胡桑就曾专门谈到上高中时从图书馆借到《最明亮与最黑暗的》一书后，这首诗对他的"开天眼"般的震撼。

而布罗茨基在《潮汐的声音》中对沃尔科特诗歌的特质、对他作为一个"边缘"诗人却又突入"中心文明"而使文明的生命得以展露的论述，也使我深受启示："与众所相信的相反，边缘地区并非世界结束的地方——而正是世界阐明自己的地方。”这样的话不仅很精彩，也着实令人振奋。我那时曾在文章中一再引用和阐述了这句话，因为20世纪90年代正值一个商业文化兴起而诗歌被“边缘化”的时期，我们由此可以想见布罗茨基、沃尔科特这样的诗人对中国诗人的激励。

另一次“相遇”的机会是2013年5月，我应邀参加德国明斯特国际诗歌节，而这届诗歌节的大奖是给沃尔科特《白鹭》的德译本，沃尔科特本人也要来。我们去时，书店里已贴有他的大幅画像。虽然诗人因为身体原因最终未来成，不过，我已切身感受到德国诗界对他的敬重，也有机会同《白鹭》的杰出德译者Koppenfels教授交谈，他这样告诉我：“沃尔科特的每一行诗都值得译成德文！”

而在我们这里呢，由于种种原因（比如版权问题），我们的中译与沃尔科特诗歌本身的广阔幅度和内在活力都很不相称。除了散见的翻译和2004年一本影响不大的诗选（《德瑞克·沃尔科特诗选》，傅浩译，河北教育出版社），直到2015年，广西人民出版社才推出了程一身翻译的《白鹭》。

《白鹭》唤起了中国读者对沃尔科特的再度关注。诗人的这部晚年诗集也让我深深佩服。它不是偶发的、散漫的写作，而是调动了一生的资源，来集中写时间、记忆和人的最终拯救的主题。诗人不想像一头老狮子一样等死，而是再次上路，追随着那变动不居的神秘飞禽，在过去与现在、神话与现实、永恒之美与当下的衰败之间穿行。可以说，沃尔科特的这部诗集在整个文学史上也不多见，他写出了一个成熟而又不满足的无穷无尽的老年。

兴奋之余，我曾为《白鹭》写了书评。这部诗集广阔的音域、闪光的细节和史诗般的笔触，都使我动心。在我看来，诗人在其晚年不仅保持了创作的活力，还展开了更为奇异的想象力。诺贝尔奖并不能使他满足，写出这样一部对自己一生进行艺术总结的诗集，他才可以和他的缪斯——那些神秘的白鹭——说再见了，而同时，他又把她们永远留在了自己的诗中！

沃尔科特谢世的消息传来后，媒体纷纷引用了布罗茨基那句话："今日英语文学中最好的诗人。"这样的赞誉可能有人不以为然，但无人否定在整个世界诗坛上，沃尔科特都是一种巨匠般的存在。这样的诗人即使离开了我们，也仍会散发持久的余热和影响。

这是一位跨越文化边界，以罕见的创造力重新探测和塑造一个"语言帝国"的诗人。诺贝尔文学奖对沃尔科特的授奖理由是"具有伟大的光彩，历史的视野，献身多元文化的结果"。作为一位加勒比海岸之子，诗人自述身上带着"荷兰、黑人和英国血统"。可以说，他的创作生来就带有文化"混血"的性质。但他不仅受其血液和本能驱使，他更是一位有着高度语言自觉和宏伟抱负的诗人。正如布罗茨基所说，"他用来写作的语言是一种跨越大西洋的语言，或者，更确切地说，是一种帝国的语言：这并非指不列颠的殖民统治，而是指一种能造就一个帝国的语言"（这本来是评价奥登时所说的话，用在沃尔科特身上也正合适）。这就是为什么诗人一再书写“帝国”主题，他书写的，不仅是一个空间地理上“消失的帝国”，更是时间上的、文明和语言记忆上的；他那些活力四射的诗，不仅有着广度，还有着纵深度（如他向荷马致敬的巨作“Omeros”）。他的目的，不仅是在一个混乱的年代使文明显露、“免于崩溃”，而且要使他的诗与本源“谐韵”！

在我看来，这种非凡的诗学努力不仅造就了一个“以文学的历史之舌说话”的诗人，而且练就了一种特殊的诗歌创造力。正因为如此，其重要性远远超出了那些受限于各自“小小的教区”的诗人。的确，比起很多诗人，沃尔科特不仅是一位集大成者，而且给我们带来了新鲜、巨大的语言活力和文化张力。

让我和很多中国诗人深感亲切的是沃尔科特献给阿赫玛托娃、茨维塔耶娃、曼德尔施塔姆的诗篇，我本人也特意译过他书写帕斯捷尔纳克的《安全通行证》。这种对俄罗斯诗歌的特殊关注，不仅显现了对他者的想象能力和体认能力，也给他带来了新的精神参照和活力。或者说，这种横贯了热带和冻土带的诗歌整合力，使他最终属于那些苦难、高贵而又富有创造力的伟大心灵。沃尔科特的诗歌属于我们这个跨越语言文化边界的时代，并且注定会指向未来。

启示还有很多。再比如说，他有着大自然一般的创造力，其创作世界丰饶、迷人、感性，充满活力，但同时，在他那里一直有着“朝向经典”的努力。他堪称一位诗歌乐器的大师，精通英文诗的各种形式和格律，体现了高超的驾驭能力，但他又一直是一位艺术的学徒。他声称“诗歌是追求完美时流淌的汗水，但必须像塑造额头的雨滴那么清新”。这难道不应该使我们警醒？

一个伟大的诗人离去了。他的离去，标志着一个以他自己和米沃什、布罗茨基、希尼等为代表的诗的时代的结束。在世界诗坛上，要出现这样群雕般的巨匠，我们尚需要耐心等待。但不管怎么说，他们为我们开辟了新的方向和道路；他们留下的诗，在未来的日夜里，依然会是撞击我们心灵的拍岸浪花。我们只能以新的，也更加艰巨的创造，来向他们致敬。

2017年3月18日

1941年夏天的火星

在晚年一首未完成的十四行诗中，阿赫玛托娃曾这样写道："我自己会亲自为你加冕，命运！／触摸你那永恒的额头。"诗中还指向1962年诺贝尔文学奖对她的提名。当然，她没有获奖。但是，比起她一生所完成的一切，任何外在声誉又算得了什么呢？诗人会为自身的命运"加冕"的！

我这样说，是因为我深入阅读并译出了《没有英雄的叙事诗》。如果说诗人写于20世纪30年代末大恐怖时期的《安魂曲》是一座伴随着悲剧合唱的青铜纪念碑，《没有英雄的叙事诗》就堪称一部大师的杰作，一位伟大的悲剧女诗人对其一生所做出的更高的总结。

读了这部作品，我们就会理解为什么索尔仁尼琴当年会把这部长诗手抄了一遍。读了这部作品，我们也感到诗人早期的那些"戏剧抒情诗"如《在深色的面纱下她绞着双手……》《在这里我们都是酒鬼、贱妇》等，都是这部作品的某种预演。而这部作品总结了一生，但又与诗人以前的任何作品都不同，甚至对于俄罗斯诗歌史在很大程度上也是全新的，虽然自普希金、莱蒙托夫以来，他们就有“Poema”（长诗，尤其是叙事长诗）的深厚传统。

曼德尔施塔姆早就很敏锐地指出：“阿赫玛托娃把十九世纪长篇小说的所有巨大的复杂性和财富引入俄罗斯抒情诗。如果不是有托尔斯泰的《安娜·卡列尼娜》、屠格涅夫的《贵族之家》、陀思妥耶夫斯基的全部作品以至列斯科夫的某些作品，就不会有阿赫玛托娃。阿赫玛托娃的源头全部在俄罗斯散文王国，而不是在诗歌。”①

的确如此！虽然在我看来阿赫玛托娃的源头也来自俄罗斯诗歌王国，来自那些更久远、多样的系谱。在“叙事诗”中，除了普希金、陀思妥耶夫斯基、果戈里、勃洛克等俄罗斯作家、诗人，除了《圣经》和古希腊、古罗马悲剧神话，阿赫玛托娃还对莎士比亚、歌德、拜伦、济慈、T.S.艾略特等欧洲作家、诗人有大量引用。可以说，在写这部作品时，阿赫玛托娃完全是以“欧洲诗人”自居的。

贝科夫曾这样简要地勾勒过帕斯捷尔纳克的艺术发展：“他对文学之‘我’客观化的永恒追求。他的道路，犹如螺旋上升的曲线，在扩展过程中不断攫获新的主题，开辟越来越宽广的生活领域。帕斯捷尔纳克以极其主观的抒情为起点，直抵散文叙事，由有意识的印象主义的朦胧归于经典的、传统风格

① 奥斯普·曼德尔施塔姆：《曼德尔施塔姆随笔选》，黄灿然等译，花城出版社2010年版。

的明晰。”[①]

犹如《日瓦戈医生》之于帕斯捷尔纳克，《没有英雄的叙事诗》之于阿赫玛托娃，也正具有“变容”[②]的意义，只不过取向不同。帕斯捷尔纳克由密集的隐喻、“极其主观的抒情”归于那种《圣经》式的质朴和启示性，而阿赫玛托娃则由早期的简约、克制走向史诗般的广阔、繁复和隐曲，虽然这同样体现了她对一生进行艺术提炼的高度能力。

对于阿赫玛托娃的风格，布罗茨基曾指出：“她是一个超级格言诗人。她的诗歌非常之短便足以证明这一点。阿赫玛托娃的诗歌从来不会溢出到第三页。她对历史的态度也是格言式的。当她处理现代时，令她感兴趣的不是它自身，而是现代语言及其表现力问题。”[③]

布罗茨基的这一看法当然抓住了阿赫玛托娃很重要的东西。如诗人1933年的《野蜂蜜闻起来像自由》，从它的第一句“野蜂蜜闻起来像自由”到该节的最后两句“但是我们闻一次也就永远知道了／血，闻起来只能像血腥味……”，它的每一句都耐人寻味，感性，但又带有格言般的意味。第一句是伟大而无畏的赞美，把“野蜂蜜”与诗人要歌唱的自由联系了起来，最后两句则带着一种无情抵达历史真相的力量，令人胆寒。

---

① 德·贝科夫：《帕斯捷尔纳克传》，王嘎译，人民文学出版社2016年版。

② “变容”，出自《新约》：耶稣复活后登上高山，在门徒面前变了形象，显现上帝的圣容。

③ 引自“Solomon Volkov: Conversations with Joseph Brodsky”。本文所引布罗茨基的话，均译自该谈话录。

但是，从艺术手法和艺术发展上看，阿赫玛托娃的诗歌又绝不单是格言式的。我们会看到，从20世纪30年代开始，她的诗歌远远超出了一般抒情诗的范畴，在创作中把抒情、哲思、史诗、戏剧、叙事等因素融为一体，愈来愈体现了她作为一个大诗人的综合能力。即使她不专门去写历史，在她的“三言两语”中，人们也会“从中走过一个时代”。从她后期的一系列组诗、长诗，尤其是《没有英雄的叙事诗》来看，一个久经磨难而日趋成熟、开阔，堪称“历史风景画的大师”（楚科夫斯基语）的诗人出现在我们面前。

对此，我们首先来看诗人后期的组诗《北方的哀歌》的《第一哀歌：历史序曲》，全诗不到六十行（果真没有“溢出到第三页”），它既是19世纪“陀思妥耶夫斯基的俄罗斯”的写照，又是一个“不祥”的新世纪的“序曲”。在这首“个人史诗”中，诗人把过去与现在、历史场景与个人记忆、全景透视与细节刻画精心地拼贴在一起，而她对自己成长经历的追溯则构成了诗中隐秘的内核，如诗人回忆起“那个女人”也即母亲的深蓝眼睛：“而她的善良作为一笔／我继承的遗产，它似乎是——／我艰难生涯中最无用的礼物……”这是刺人心扉的一笔，也和诗中其他部分构成了强烈对比。而到诗的后面，命运的严峻力量也更可怕地显露了：

整个国家冻得发抖，那个鄂木斯克的囚犯
洞察一切，为这一切划着十字。

现在他搅动缠绕他的一切，
并且，像个精灵似的
从原始的混乱中挣出。子夜的声音，
他的笔尖的沙沙声。一页又一页
翻开谢苗诺夫刑场的恶臭。

“囚犯”指陀思妥耶夫斯基，他因牵涉反对沙皇的活动被捕，定于谢苗诺夫刑场执行死刑，行刑前的一刻才改判成流放，押送至西伯利亚鄂木斯克监狱。全诗的这一节力透纸背，堪称大手笔，不是别的，而是那子夜时分“笔尖的沙沙声”，一页页“翻开谢苗诺夫刑场的恶臭”！这是对命运较量的描绘，更是对俄罗斯文学中那种伟大力量的惊人揭示和赞颂！

而这一切，构成了诗人自己和她所属的“白银一代”出场的背景。全诗以这四行结束，它是布罗茨基所说的“超级格言”，同时又是对灾难和救赎的庆祝：“那就是我们决定降生的时候，／恰逢其时，以不错过／任何一个将要来临的／庆典。我们告别存在的虚无。”

至于《没有英雄的叙事诗》，其艺术结构和手法就更为复杂。“正如未来成熟于过去，／过去也在未来中腐烂／一场枯叶恐怖的狂欢”，这是该长诗中的名句。实际上，在这部作品中，诗人的历史意识更为复杂。长诗的第一部选取的是1913年的彼得堡，那完全是一个被埋葬的“旧世界”，因而具有了记忆的考古学意义。不仅如此，在这部作品中我们看到过去是未来的预演，“来自未来的客人”也会提前在过去中出现，时代犹如地质断层一样，甚至在一节诗中也层层交错。布罗茨基很赞赏这种“阿赫玛托娃式的”诗句：“记忆有三个阶段，而第一个——它仿佛就是昨天”，实际上阿赫玛托娃的整部叙事诗就是这样写出来的。诗人在该诗中引用过该诗的主人公——诗人、骠骑军少尉科里雅泽夫的诗句“爱情过去了，那必死者的面容／越来越清晰和亲近”，也引用过艾略特《四个四重奏》中的名句“在我的开始是我的结束”，她即是用这样的眼光和手法来处理和重塑她的历史经验的，其结果正如该长诗第一部第三章的这三句：

当，沿着传奇般的滨河大街，
一个真正的——而非日历上的——
二十世纪向我们走来。

当然，其结果也造成了这部作品的“扑朔迷离”。索尔仁尼琴就曾说过他把这部长诗读了好几遍才读懂。诗人本人甚至还被建议把这首诗弄得更明白一些，但她拒绝了，“我既不会改变它，也不会去解释它。／‘我要写的——我已经写了。’”她斩钉截铁地说。

就这样，过去与现在，结束与开始，生者与死者，在这部作品中相互穿插、交织在一起，不仅如此，在一个人物身上还晃动着其他人物的影子，还有诗的叙述者和作者本人的复杂关系……诗中的许多名句像是碑铭，许多历史细节像“出土文物”一样确凿，但更多的部分却又是用“隐性墨水”写下的，或者说，像“陶盘里纯粹的火焰”一样令人把握不定。为帮助读者读解这部作品，我在译文中加了一百多个注释，这里再简单介绍一下这部长诗的结构：

全诗为“三联诗”，由三部分构成。第一部选取了1913年，那不仅是诗的主人公因为悲剧性的爱而自杀的年头，也是第一次世界大战爆发、俄国处在深重危机和革命的前夕，因而对诗中的人物和整个国家的历史都具有了分水岭的意义。第一部的副题为“一个彼得堡传奇”，阿赫玛托娃意在用普希金《青铜骑士》的这个副题重新书写她这一代人的故事。故事是悲剧的，也是“末世论”的。参与1913年那场新年狂欢假面晚会的人们最后都无一例外死去，只有诗人和“来自未来的客人”还活着，承受着生命的“苦杯”。

第一部又分为四章和若干插曲。第一章的女主人为全诗的叙述者（诗人自己），怀着期待和绝望，在“喷泉屋”召集着新年前夕的狂欢假面晚会。长诗的主要人物都出场了。他们代表着20世纪初期“艺术的彼得堡”，代表着那个时代的先锋派及其“对于魔鬼的信仰”。“白色大厅”里是一个即将降临厄运的彼得堡的缩影。

第二章专写诗的女主人公奥尔嘉·戈列波娃—苏杰伊金娜，著名女演员、“困惑的普绪克”、“山羊腿仙女”、“彼得堡的洋娃娃”。奥尔嘉为诗人早年的闺蜜，也是诗人的

“另一个”自己。她典雅而又任性，美丽而又无情，纯真而又虚荣。她是这场悲剧的中心，又让诗人永远难以释怀。诗人后来得知她在巴黎的死讯后，写下了一首动情的献辞，“那传到他那里的苦杯，／醒来，我会交给你”。

第三章写1913年的彼得堡，末日般的彼得堡（“一种不可理解的咚咚声潜伏着……”）和诗人自己在皇村的最后回忆。当一个可怕的“20世纪”到来，她只能期待着缪斯能为她说出“力挫死亡的词语”。

第四章写诗的主人公——诗人、骠骑军少尉科里雅泽夫因为对奥尔嘉的爱而自杀——他最终倒在两个世界的“门槛”上。在20世纪40年代的诗的叙述者看来，他是一个“傻孩子”，但也代表了一整代命定受难、死去的诗人——勃洛克、古米廖夫、叶赛林、马雅可夫斯基以及后来的曼德尔施塔姆。

总的来看，第一部是献给一代人的哀歌，虽然也带着诗人无情的历史审视。如果说在《安魂曲》中诗人是作为一个无辜的俄罗斯悲痛母亲的形象出现，在《没有英雄的叙事诗》里，她就是作为负罪的一代人的代表出现，正是那一代人，“允许用艺术的璀璨去掩盖道德上的失败”。也许，正是为了“解脱记忆和道德的负担”，尝试理解那个时代怎么了和为什么，诗人一而再地被拉回到这首诗里。（参见Nancy K. Anderson《重新发现失去的一代：〈没有英雄的叙事诗〉》）

第二部（“硬币另一面”）由二十四首六行诗构成，它们全为诗人的自白：她对这首叙事诗及整个创作生涯的告白（“我用隐性墨水写作”，等等），她如何“被耻辱加冕”，她所经历的历史、所听到的命运的低语，等等。从诗人一生的创作来看，这二十四首短诗也达到了一种结晶般的纯粹，它们既有对历史的无情审判，如第十一首：“去问问任何一位我同代的女人，/任何一位囚徒，流放者，苦役犯——/她都会尽力让你明白——/是怎样的恐惧让我们变得痴呆，/我们又是怎样为集中营，为监狱，/为断头台而抚养孩子……”，也显现了诗人自己对命运的洞观以及存在的勇气：“来吧，我们一起共赴盛宴，/我将以最尊贵的亲吻，/来报赏你怨恨的子夜。”

第三部是告别，“献给我的城市”列宁格勒。该部内容与诗人从炮火中的列宁格勒被疏散，与最后一任男友告别的经历有关，但又穿插了儿子被审讯和流放、诗人自己如何“行走在枪口下”的经历。诗人与“我的城市”的生死之别十分感人：“我的影子投在你的墙壁上，/身姿倒映在你的运河里/……在古老的沃尔科夫郊野上，/我可以在那里放声大哭，/穿过那些兄弟般坟墓的静默。”诗的最后部分是诗人朝着东方（俄罗斯的亚洲部分）走去，但是寒气逼人的“卡玛河”（曼德尔施塔姆流亡命运的再现）突然出现在眼前，而紧接着的拉丁语“你去何地？”（彼得去罗马路上遇到耶稣时的问话）的引用，也使全诗的景象骤然改观，长诗的结局由此成为命运最终的启示录：诗人的嘴唇“还来不及嚅动”，乌拉尔的河道和桥梁就开始疯狂震动和回响，一切都变了——

就在我前面，那条道路敞开了，
　　沿着它多少人一去不返，
　　　　沿着它我的儿子也被带走，
沿着它是一长串送葬的队列，
　　在那庄严和晶莹里
　　　　是西伯利亚大地的寂静。

悲剧女诗人以她史诗般的大手笔，把人们骤然而永久地带入一个庄严肃穆的境界，而全诗的最后三行为：

俄罗斯，她绞着双手，
　　垂下一双干燥的眼睛，
　　　　在我前面朝着东方走去。

这让人马上联想到诗人早年的名诗“在深色的面纱下她绞着双手……”，但是，这个早期诗中在爱情纠葛中高度神经质的女性形象，在这里已变成了俄罗斯悲痛母亲、复仇女神、苦役犯和流亡天使的复合形象。她同样“绞着双手”，但其意味、力度已很不一样了。她“垂下一双干燥的眼睛”，因为泪水几乎已经流完。她是诗人自己的一个投射，但又与诗人擦肩而过，并走在了诗人前面，走向茫然不可知的、神启的未来——至此，诗人自己和这首长诗都在一个更高的程度上完成了自己。

以上是对这首艰深、复杂的长诗的简要介绍。在翻译过程中我深受折磨，但又充满感激。“但是，我脚下的大地在嗡嗡作响，／啊，是怎样的一颗火星在俯瞰／我们这座尚未遗弃的房子”，这是“叙事诗”第三部中的几句（对此，诗人自己还加了一个注：“1941年夏天的火星”）。翻译到这里时我颇为激动：火星，自古以来一直与战神联系在一起，人们相信在它最接近地球时会发生种种灾难。1940年到1941年恰为火星大冲年代，第二次世界大战在诗人的故乡、在地球上惨烈进行。我为阿赫玛托娃捕捉到这个宇宙性意象而惊异，我自己对一个灾难世纪、对神秘命运的感受也一下子被调动起来了！

还需要说什么呢，1941年夏天的火星，或者说在那一年前后诞生的一部伟大作品，我在2016年的冬天更清晰地看见了它。

2016年12月31日，北京世纪城

向梭罗致敬[1]

译完这部译稿后我才意识到，到今年7月12日，我们翻译的这位文学奇人已诞生二百周年了。而我仿佛刚刚从瓦尔登湖畔的小屋归来，岂止有一种时空穿越之感！

亨利·戴维·梭罗，1817年7月12日生于马萨诸塞州康科德，1837年毕业于名校哈佛大学，但按爱默生的说法，他“在文学上是一个打破偶像崇拜的人，他难得感谢大学给他的益处，也很看不起大学”[2]。毕业后梭罗在家乡一个私立学校教书，并受到同住在康科德的爱默生的激发和影响，几年后完全转向写作。写作之外，也到处演讲，倡导废奴，主张回归自我和自然。1845年，梭罗为践行他的生活观念，在距康科德两英里的瓦尔登湖畔建造了一个小木屋，靠双手劳动养活自己，体

① 该文为《瓦尔登湖》（王家新、李昕译，湖南文艺出版社2017年版）译序，有所压缩。

② 爱默森：《梭罗》，见范道伦编选，张爱玲译：《爱默森文选》，生活·读书·新知三联书店1986版。本文所引爱默森的话均出自该篇。

验独立、简朴和接近自然的生活。他的散文集《瓦尔登湖》（1854年出版）详细记载了他在那里两年零两个月又两天的生活。

在同时代人眼中，梭罗不过是一个爱默生的追随者，一个偏执而怪异的人，直到19世纪末期才得到广泛认识和推崇。梭罗一生创作了二十多部散文作品，尤其是《瓦尔登湖》，在美国文学中独树一帜，不仅被视为自然随笔的经典，而且“变成了处于迷惘状态的人们的生活指南”。其他有影响的作品首推政论《论公民的不服从义务》（又译为《消极抵抗》《论公民抗命》《公民不服从论》），面对政府、法律的强权和不义，为公民拒绝服从提出辩护。梭罗所主张的这种依靠个人力量的“非暴力抵抗”，后来对列夫·托尔斯泰、圣雄甘地、美国黑人领袖马丁·路德·金和美国民主主义、民权运动都产生了很大影响。

同许多同代人一样，我在早年上大学期间读的也是徐迟的译本（现在据说已有数十种译本了）。徐迟先生不仅首次将《瓦尔登湖》译介到中国（1948年），其译本在“文革”结束后重版，也吸引了广大读者，像苇岸、海子这样的作家和诗人就深受其影响。徐迟先生舒展自如、优雅而富有韵味的译文风格在那时也颇为人所称道。

但是，如同历史上的一些经典，《瓦尔登湖》也正是一部需要反复阅读，需要不断重新认识和发现的作品。

而对我来说，最好的阅读方式就是翻译。我自己的工作虽然主要在诗歌领域，因为接受了出版人的约稿，因为有这个机缘“以翻译的方式”来重读，我还是深深地感到激动：一个众说纷纭的梭罗更真切地出现在我的面前。我不仅通过翻译真正抵达他的“在场”，而且对一个繁茂而深奥的文学世界、自然世界和灵魂世界有了更多，也更能给我带来喜悦的发现。

比如说《瓦尔登湖》的第一章“Economy”，有的中译本译为“简朴生活”，这样译就有些问题，问题可能来自人们对梭罗的某种惯有的简单化读解，也来自对“诗意地栖居”这类当下愿景的迎合。《瓦尔登湖》记载了梭罗在湖畔林间的独居生活，梭罗的口头禅也是“Simplify，simplify，simplify”（简单，简单，简单），但梭罗并不是人们所想象的那种避世隐士。与其说《瓦尔登湖》是一曲田园牧歌，不如说它是英雄诗篇，是对那个时代和社会的挑战，而这在爱默生看来也带有一种“英雄”和“先知”的气质：“唯其因为他完全正直，他要自己绝对自主，也要每一个人都绝对自主……他是一个天生的倡异议者。……他的目标是一种更广博的使命，一种艺术，能使我们好好地生活。”

爱默生的描述，真实地披露了梭罗的精神状态和前往瓦尔登湖畔居住的社会背景。这种我行我素、不计代价对生活理想的践行与通常的那种隐逸是有很大的差异的。实际上，梭罗渴望宁静独处，但同时又是一位很有责任感和参与精神的社会批评家，他写有许多政论，一生支持废奴运动，反对美国对墨西哥的战争，倡导公民权利和“公民的不服从”，必要时甚至甘愿为此坐牢。入住瓦尔登湖畔时他还不到三十岁，有着“健壮的严肃的蓝眼睛，庄重的态度”，而且“五官敏锐，体格结实”，即使在瓦尔登湖畔期间，他也常常与人交往，并保持着对社会的关注。他只是不想循规蹈矩成为所谓“文明社会”的寄居客，而宁愿“绝对自主”，去过那种更合乎本性的生活罢了。他在瓦尔登湖的来去都合乎他性格的逻辑。他也并不希望别人来追随他，他只是痛感于人们在生活中的迷失。他要通过自己的实践向世人证明何为自由和人生之价值，他写下这部书，“并非为自己，而是为人类；我身上的缺点和矛盾，并不影响我的陈述的真理性。尽管我也有很多浮夸和虚伪的时候——我感觉它们就像麦麸，很难从我这麦子上分离……我下定决心，决不低声下气地做魔鬼的辩护人。我要努力为真理说话”。

触动我的，就是梭罗的这种坦率和真实。他并不想充当一个圣人。他来到瓦尔登湖畔探索生活的意义，但他绝不自欺，也不给他的乡邻和读者提供任何廉价的、靠不住的承诺。他正是我所赞赏的那种“彻底的思想家”（radical thinkers）。如第十一章《更高的法则》的这个开头，就使我深感惊异：

> 当我提着一串鱼，用鱼竿探路穿过树林回家的时候，天色已经相当昏暗了。那时，我突然瞥见路上有一只土拨鼠悄然横穿而过。一种野性的快感使

> 我不自觉地战栗，并使我强烈地想要捉住它，将它生吞活剥；并不是因为我那时饿了，只是为了它表现出来的那种野性。……我曾发现在我内心里面，和大多数人一样有一种追求更高的或者称之为精神生活的本能，至今也还是如此。但同时，我又有另一种本能朝着原始的队列和野性走去。我对这两种本能都心存敬畏，对野性的狂热也并不亚于善良。

由此可见，梭罗来到瓦尔登湖畔并拿他自己做“实验品”，如用诗人勒内·夏尔的一个说法，既是“对顶峰的寻找”，也是对“基础”的重新勘探（夏尔的一部诗集即是《对顶峰和基础的寻找》）。即使是“诗意地栖居”，首先也要把它建立在一个真实可信的基础上。

正是基于这种“总体”上的了解，我们把第一章“Economy”按其本意译为“经济学”。这个看似不那么诗意的开场白，却更能还原梭罗生活和思想的出发点。当然，随着阅读的深入，我们会发现梭罗的“经济学”，远远超出了一般层面，而具有了人生和伦理的意义。

《瓦尔登湖》一开始就充满了争辩之声，与自己、邻人和社会的对话和“异议”。人首先是一种肉体的物质存在，是社会和经济生活的一员，而且人人都得独立谋生。争辩就是从这种常识开始的。19世纪中期，随着工业革命对社会生产力的高速推进，传统的生活方式受到冲击，人们对物质文明的追求也相应递增，但是，对于“别给我金钱，别给我名誉，给我真理吧”的梭罗来说，这一切的意义何在呢？他看到的是在表面的光鲜和富有下，“芸芸众生都过着一份平静而绝望的生活”。他以自己的切身经验向人们发出了回归本性和简朴生活的呼吁。他甚至以他富有个性的方式说：“我宁愿坐在一颗南瓜上，将它完全据为己有，也不愿和众人拥挤着坐在天鹅绒软垫上。”

梭罗的这种生活方式和价值观，在今天已为更多的人所认同和接受，但在当时的那种社会习俗下，如按爱默生的评价，却是“革命性”的。梭罗自己在《瓦尔登湖》中也讲到一个细节：“我要定做一件款式特别的衣服，女裁缝神情严肃地告诉我说：‘他们现在可都不是这么做的。’”“在给我量尺寸的时候，如果她不考量一下我的性格，而只是量我肩膀的宽度，就好像我是那挂衣服的钉子，那这种丈量又有什么用呢？我们所崇信的，不是美惠三女神，也不是命运女神，而是时尚女神……巴黎的猴王戴上旅行帽，全美国的猴子都群起仿效。我有时感到绝望，在这个世界上，要借助人们的力量完成一件哪怕十分简单、朴实的事情也是不可能的。”

这就是梭罗所生活的那个时代。爱默生就曾这样充满钦佩地描述：“有几个人几乎崇拜他，向他坦白一切，将他奉为先知……当然，他的美德有时候太趋极端。……而这严肃的态度使他非常孤独，他虽然是自愿做隐士，却并不想孤独到这一个地步。……钦佩他的人称他为‘那可怕的梭罗’，仿佛他静默的时候也在说话，走开之后也还在场。我想他的理想太严格了。”

可以说，梭罗的这种对世俗虚荣的抛弃，对物质文明和中产阶级生活方式和价值观的抵制，在后来对重塑美国精神都产生了深远影响，从美国20世纪60年代的黑人民权运动、反越战运动、嬉皮士运动和“垮掉一代”那里，我们就可以明显听到其回响。且不说“垮掉派诗人”“新超现实主义”或“深度意象”诗人们也明显和梭罗有一种血缘关系，如罗伯特·勃莱的“贫穷而听着风声也是好的”、詹姆斯·赖特的“我突然感到／如果我能脱出自己的躯体，我就会／怒放如花”，等等。

在我喜爱和认识的诗人盖瑞·斯奈德身上，也能看到梭罗的影子。20世纪50年代末期，他通过翻译寒山，创造的正是一个类似于“瓦尔登湖”的新神话：“他是一名山中狂人，属于古代中国衣衫褴褛的隐士中的一类。当他说‘寒山’之时，不仅指他自己，也指他的住所和他的精神状态。”重要的是，同梭罗一样，斯奈德的人生也正是知行合一的一生。1955年从伯克利毕业后，他与森林公园签约，成了一名山道维修队的工人，整天在荒郊野岭工作。与他翻译的寒山诗同时出版的，是他自己的成名作品《砌石》。他那些书写大自然和户外劳作，间或向中国古老大师致意，带着汗水闪光和靴子的吱嘎声的诗篇，不仅让我深感亲切，而且在我看来，还是对我们这个时代的某种必要的纠正：“作为一个诗人，我依然把握着那最古老的价值观，它们可以追溯到旧石器时代晚期：土地的肥沃，动物的魅力，与世隔绝的孤寂中的想象力……我力图将历史与那大片荒芜的土地容纳到心里，这样，我的诗或许更可接近于事物的本色以对抗我们时代的失衡、紊乱及愚昧无知。”

多么孤绝而又富有历史洞见的诗人！在当今这个所谓后工业的时代，他却在完成着一种“大地神话”的重构。在这方面，梭罗就堪称一位先行者。梭罗在瓦尔登湖畔黎明即起，到冰封的湖畔取水，他所迎来的，正是那种“大地之诗”的“第一道黎明的光线”。他也仍将为未来的人们提供启示和范例。

以上主要介绍了梭罗回归自然的生活实验、他所发现的人生真谛及其对后人的激励和启迪。《瓦尔登湖》引人入胜，也绝不单调，而是如同大自然一样丰饶。如同书中的梭罗是一个生活实践者、修行者，也是一个诗人、哲人、预言家；是一个有责任感的社会批评家，也是大自然的勘探者、博物学家、鲁滨孙式的拓荒者、生态和环境保护主义先驱……在他这部作品中，蕴藏着巨大的复杂性、多样性和启示性。

梭罗的洞察力、感悟力和他的实践能力一样惊人，爱默生就这样描述：“在特克门的山谷里，梭罗跌了一跤，跌得很重，一只脚扭了筋。正当他在那里爬起来的时候，他第一次看见一种稀有的菊科植物的叶子。他健旺的常识，再加上壮健的手，锐利的观察力与坚强的意志，依旧不能解释他简单而秘密的生活中照耀着的优越性。……然而在他，这却是一种永不休息的洞察力……”

或者说，在他的身体力行中，携带着他的生命哲学和光照。按照人们通常的说法，梭罗是一个“超验主义者”，他相信人能凭直觉认识真理，能凭心灵的力量提升生活。瓦尔登湖不仅是他在喧嚣的世界中寻得的一个去处，也是他精神的家园，这个地方不仅给他提供了豆地、冬日的篝火、思考的空间，也给他提供了认识自然和自己的各种机遇。“古代诗歌和神话至少表明，农事曾是一项神圣的艺术”，不仅是农事，他在这里感受到的一切都不能不让人称奇。

在《瓦尔登湖》中，有大量篇幅是关于动物、植物和自然环境的观察记录，这是全书最精彩、最吸引人的内容之一。梭罗在这里花费了大量精力观察湖水和树木的变化，鸟类、动物的习性，有时还深入地质考古学的层面，这使《瓦尔登湖》的许多篇章初看上去像是有关自然的文献。但是，梭罗展示自然的财富，是为了让它们成为人性的、精神的资源。他的这种贡献，让我不禁想起阿赫玛托娃对帕斯捷尔纳克的赞颂：“整个大地成为他的遗产，／他要每个人与他一起分享。”

爱默生也非常看重梭罗对大自然的探索：“他决定研究自然史，纯是出于天性。……很少有人像他这样深知大自然的秘密与天才。”爱默生还提到当地居民起初只认为梭罗是个怪人，后来雇他测量的农民很快就发现他稀有的精确与技巧……的确，梭罗对自然的观察、体验和发现每每让人惊叹。他不是简单地记录，他笔下的种种事物也不是静态的，而是充满了活力和启示。他笔下的大自然不仅洋溢着一种原始的生命力，有一种粗犷苍郁之美，甚至还深具一种神秘性，有一种神话般的性质：

啊，瓦尔登湖的梭鱼啊！当我看到他们躺在冰面上，或在渔夫所凿的、有一个小孔来引入活水的冰井中时，总是会惊奇于他们那罕见的美，仿佛他们是传说中的鱼类，对我们的街道来说如此陌异……他们不似松树的青绿，不似石头的灰褐，也不似天空的蔚蓝。但是，在我眼里，他们确有罕见的色彩……他们，当然是全然无损的瓦尔登——这集金黄与祖母绿于一身的伟大鱼类……随着几下痉挛般的游转，很轻易地，他们就挣脱了自己在水中濡湿的幽灵，仿佛一个凡人在升入天堂那稀薄空气前的时刻里，挣脱了自己的肉身。

这种对瓦尔登湖梭鱼的赞颂和神话般描述，不可能不对人们的感受力产生影响。在伊丽莎白·毕肖普的名诗《鱼》的最后，我就感到了这位美国著名现代女诗人对梭罗的致敬：“……直到那船舷上缘／直到每一种东西／都成了虹彩，虹彩，虹彩！／我把鱼放回了大海。”

梭罗是大自然的探索者和赞颂者，也是大自然的翻译者，在翻译中他认出宇宙的律动，也认出人与自然的血亲关系。如第十七章中对冬去春来之时瓦尔登湖的描述："瓦尔登湖在迅速融化……一块巨大如野的冰从其主体中破裂出来。我听见一只北美歌雀在河岸的灌木丛中歌唱——讴利，讴利，讴利——吡，吡，吡，掣，咤，——掣，微嘶，微嘶，微嘶。"这是多么动人啊。而在最后一章的结束语中，即向他钟爱的瓦尔登湖告别之前，梭罗打通了人与自然，向生生不息的宇宙生命献上了这样的颂歌："我们体内的生命，就像河流中的水。它今年的水位，可能升高得为前人所无法想象，并漫上焦渴的高地"，然后他的笔触竟转向了一只强壮、美丽的虫蛾：

> 谁听了这个故事，不会强烈地感受到它对复活与不朽的信仰呢？又有谁会知道，这个何等美丽的、长着翅膀的生灵，它的卵已经埋葬在木头的年轮中，进入生如死灰般的人类社会好多年了，先是封存在苍翠鲜活的树木中，后来这树木渐渐变成了它枯冢的外壳——当一家人围坐在节日的餐桌旁，它持续多年的啃噬声，碰巧被这家中的人听见——会出人意料地从这社会中最不起眼、随手转卖的家具中飞出来，终于享受到它完美的盛夏！

最后，我简单谈一下梭罗的艺术风格和我们的翻译。《瓦尔登湖》一多半内容草成于梭罗居住于瓦尔登湖畔期间，后来经过了补充、重写。梭罗格外慎重，他没有仓促出版，而是静下心来对经验进行过滤和提炼，一次次地对文稿进行修改，使之达到完美。正因为如此，《瓦尔登湖》不仅是生活和精神的传记，也是语言的艺术创作。如梭罗在日记中所说，他的写作以真实经历为依据，但“事实只是我的画像的框架”“是我正在写作的神话中的材料”，《瓦尔登湖》的最后成书，让我感到的也正是一种“把大地转化为神话”的卓越努力。这不仅在于他对《圣经》、古希腊与古罗马神话和典籍、印度和中国古老智慧的大量参照和有机引用，更在于他对平凡事物的诗性转化和神话重构，正如爱默生所指出的：“他性灵的知觉上有诗的泉源。……他也善于在散文中找出同样的诗意的魅力。”这就是为什么在《瓦尔登湖》中，会处处闪耀着诗性的元素和光辉。

《瓦尔登湖》的风格独树一帜，融自叙、观察、思考、想象、批评为一体，像一部雄浑的交响乐。梭罗的文笔雄健有力，元气充沛，富有思想性和鲜明的个性。他把敏锐的感受力、精准的观察力和“观古今于须臾，抚四海于一瞬”的想象力与概括力结合为一体。在行文风格上，有人已指出过他的特点：语句直截了当（straightforward）、简约精练（concise）、言说切题，往往一语中的（to the point），完全不像维多利亚中期散文那样散漫、朦胧、堆砌和矫情。

在翻译时，我们也时时感到了梭罗的语言天才，感到了他在语言上非凡的创造力。正如他自己声称，他要创造出“一个腐朽的时代所无法理解的语言”，他要抛开一切陈词滥调，“回到语言最原始的类比和衍生意义上”。正因为如此，给翻译带来了极大的挑战。梭罗的语言，往往是叙述、观察、哲思、雄辩和诗性隐喻的难以拆解的综合，密度大，难度高。在翻译时我们纵然耗尽了心力，但也不敢说就完全达到了满意的程度。此外，怎样在今天重建梭罗的语调和文字风格，这也是我们面对的课题。不管怎么说，纵然有许多不尽人意之处，但我们还是深深感谢这个翻译过程。我们不仅从中学到了很多，它对我们的震动和启示，也深深抵及我们生命的深处。这一切，正如爱默森在《梭罗》一文中所引用的梭罗自己的诗句：

> 我本来只有耳朵，现在却有了听觉；
> 以前只有眼睛，现在却有了视力；
> 我只活了若干年，而现在每一刹那都生活，
> 以前只知道学问，现在却能辨别真理。

我们衷心希望，这不仅是我们，也是读到这部伟大作品后更多的读者所能获得的珍贵感受。

2017年5月

2017“书业年度评选·翻译奖”获奖致辞

尊敬的各位评委和“书业年度评选”主办方：

感谢你们将2017“书业年度评选·翻译奖”授予本人翻译、华东师范大学出版社出版的《死于黎明：洛尔迦诗选》，这对我是莫大的荣誉和深深的激励。

在我作为一个诗人成长和前行的路上，许多伟大、杰出的诗人一直引领着和伴随着我，洛尔迦就是其中之一。因此，我这个译本首先是爱的产物，是一种生命的还愿和回报行为。早年，当我还是一个文学青年，通过戴望舒先生的译文，洛尔迦的诗就在我的耳朵里“猎猎有声”了；前年初夏，因为对洛尔迦的热爱，我还专门访问了诗人的故乡格拉纳达，并再一次被那爱与死的声音所深深击中。本来我并没有想到会翻译一本洛尔迦诗选，但是翻译，就像爱一样，你不能不听从发自你体内的那种燃烧，也不能不忠实于在你生命中挥之不去的那张脸庞和声音。洛尔迦自己有诗云：“橄榄树在等待／摩羯座之夜”。我不知道“摩羯座之夜”是一种怎样的夜晚，我只是感到庆幸，为通过翻译迎来了我生命中的一个重要时刻。

说起翻译，我们中国读者首先要感谢戴望舒先生。戴望舒对洛尔迦的翻译，具有任何后来者都不可替代的“发现”意义，也深深影响到包括我自己在内的数代中国诗人。因此我的翻译，不仅是对洛尔迦，也是对这位诗人前辈的一次致敬。

但是，正如历史上的许多诗人，洛尔迦也正是一个有待于我们重新发现的诗人。从其全部创作的丰富性、复杂性和所达到的深度、高度而言，他还未被我们所充分认识；从已有的翻译来看，也仍留有很大的进一步修订、完善和刷新的空间。从语言本身的发展来看，每个时代都需要自己的译本，而洛尔迦恰恰是一个为不同时代的译者而存在的诗人。我自己要去做的，即是在前人基础上提供一种新的参照，不仅译出“我心目中的洛尔迦”，也要由此激活、刷新和拓展人们对这位天才诗人的认知。

就具体的翻译来说，对洛尔迦的翻译充满了难度，对我也是一个很大的挑战。他的一些诗看似“简单”，但却“简单而又神秘”。要翻译，就意味着能够把握他那特有的抒情调性，意味着在我们自己身上唤起某种潜在的诗性本能，甚至唤起一种精灵般的灵性。因为这就是洛尔迦诗歌天赋的最神秘特征。也正是在翻译过程中，我理解了洛尔迦为什么会说“深歌”（cante jondo）的歌手往往以一声“可怕的叫喊”开始，那仿佛是“死者一代的叫喊”，而“安达卢西亚人除了战栗对这叫喊再也无能为力”。

我要努力去做的，就是在汉语中重新创造出这种“战栗”。

当然，洛尔迦不单是歌谣性诗人，他还是语言的革新家，超现实主义式的奇才，史诗和神话的锻造者，伟大的、一次次让我泪涌的悲剧诗人。在翻译过程中，我不仅惊叹于他的诗歌天赋，也时时为他那创伤般的爆发力所撼动，为他创作后期那些至深的悲痛抒情所蕴含的复活和净化力量所抚慰和提升。“我曾一次次迷失在大海之上／耳中充满了新摘下的花朵，／满舌头尽是爱与苦痛……”这是他的诗句，也是我自己在翻译过程中的切身感受。因此，我也只能以更高的翻译艺术的标准来要求自己。我不敢说我完全达到了我的目标，我只愿成为一个称职的“精良的射手”，只愿通过翻译使原作得到新的“更茂盛的绽放”，在我们自己的语言中创造出深刻的共鸣和持久的回声。

就在这次颁奖活动的前几天，8月19日，即洛尔迦的蒙难纪念日。这样一位诗人离开我们已有八十余年了，再过八百年，他仍会是一个独具异彩、生气勃勃的诗人。而我的翻译，就是要使他再次来到我们中间，成为一个活生生的“我们这个时代的诗人”。

谢谢！

2017年8月23日，北京

重返母语：《哈金新诗选》

要是你在开辟新路
就别指望会遇见路友
如果偏离了方向
你还有太阳和星斗

——《远行者》

作为一个转向英语写作的华人作家和诗人，哈金已走得很远了，远远消失在一般中文读者的视线外。但我一直相信他会“回来”的：因为我了解他的“中国情结”，也深知他对母语的眷念。当然，这不是一般的回返，而是“以前往的方式回返”——这就是他在出版多部有影响的英文小说和诗集后，用汉语写下的《哈金新诗选》。

哈金，本名金雪飞，1956年生于辽宁，早年当过兵，恢复高考后考入黑龙江大学英语系并开始写诗，曾与张曙光等人为诗友。应该说，我们为同时代人，一同属于那个经历了生活磨难、在20世纪80年代被唤醒并走上文学道路的一代。如我们看到的，这位本可以在汉语诗坛成名的诗人留美后却重新选择了成为一名学徒，并转向了非母语写作。我曾感叹他的勇气，因为这种“文学冒险”，就如同他自己所引证的纳博科夫所言：“从俄罗斯散文彻底转到英语散文是件极痛苦的事，就像爆炸中失去了七八个手指之后重新学会握东西。”

而这意味着什么？意味着身份的彻底转变？或者意味着他已不再“属于中国文学”？已不再和我们有关？我想并非如此。我读过他的许多小说、诗作和访谈，在其英文写作的内里，他与我们依然血脉相通。他也是一位需要置于“中国语境”中才能深入读懂的作家和诗人。可以说，他的文学越界和冒险，在很多意义上，仍是一个“内在于我们”的故事。

现在他又“回来”了，我感到欣喜，但又有点儿担心：刀不磨会生锈，在长久脱离母语的环境下写作，他的汉语会不会变得很生涩？通读这部诗集，他打消了我的顾虑。一切正如他在诗集序文中所说，他在照顾患病妻子，难以集中精力写长篇的日子里重又用汉语写诗，“是个漫长而又毫无把握的过程”，但也是“一次愉快又兴奋的旅行”。我可以体会到他重回母语并与那种诗性力量相接通的喜悦，并理解他为什么会说“汉语仍是自己的第一语言”。不仅是回到汉语，他还要“从汉语出发”（这是他诗集序文的题目），因为用汉语写诗重又为他打开了一个久违的、让他激动的世界。

我读过哈金赠寄的三部英文诗集《沉默之间》（1990）、

《面对阴影》（1996）、《残骸》（2001），并读过其中的一些中文译文。这些英文诗如同他的小说，都体现了一位移民作家的“前往与回返”。一方面，他投身于英语写作，甚至立志要“成为该语言的一部分”；另一方面，他内心中的情结又使他一再回过头来朝向他的“不肯死去”的过去。他对记忆、对他的“中国经验”所做出的发掘和反思，往往深入他的“内在的绞痛”之中，读了也每每使我不能平静。哈金曾说过《残骸》的写作是为了“了结”。不过，这种一生的情结能完全“了结”吗？

自这三部诗集后，哈金主要的精力用在小说上，其中一个原因，是他意识到用非母语写诗的巨大难度。他很清楚地看到，即使纳博科夫用英语写的诗，也远远比他的小说逊色。但这并不意味着他和诗歌就没有了关系。在我看来，在本质上，哈金就是一位诗人。他在写小说时仍是一位诗人。在他的长篇小说《自由生活》最后，就附有主人公武男的二十五首诗——我不禁由此想到了帕斯捷尔纳克的《日瓦戈医生》，在它的最后一章，就有二十四首像墓碑一样照亮全篇的诗篇。

从内容和基调上看，哈金的这部新诗集更个人化，也更沉静了。他的前几部诗集主要书写个人记忆和国家历史的主题，书写他的内在争辩和矛盾纠结，笔力往往很沉痛。在经历了很大的磨难和内在撕裂后，在经历了脱离语言文化母体、脱离蜂窝或蚁群那“伟大的繁荣”而重新获得自身存在的艰辛努力之后，现在他已来到一个更自由，也更坚定的境地。他在远行的“孤寂”中祝福自己：“愿你追索不老的智慧／热爱真理胜过美丽”“愿你成为自己的里程碑”（《祈祷》）。他已知道怎样抛开早年的虚妄，认识自己并限定自身的存在：“愿它只为一个人／或一件事熊熊燃烧／直到成为灰烬”（《纯粹》）。他仍肩负着生命的重负，但他已同世界，也同自己达成了更高意义上的和解：“你看，码头上的脚步多么沉稳／看那些离港的海轮／它们都要负重才能远行”（《你不要原地打转》）。他已来到不惧孤寂，甚至可以以宇宙的冷漠来激励自己的境地：“你看，这满天的星／哪一颗不是独自明灭？”（《至少》）。可以说，这已是某种“知天命”之诗，它不是积极意义上的，但也不是消极意义上的。它就是存在之诗。

翻阅这部诗集，有许多通篇就是“自己同自己说话”：它是一个人必须发出的声音。但还有另一些时刻，诗人跳出了自己，朝向他者，书写具体的人与事物。与偏重于历史题材的《残骸》相比，这些新作更为日常生活化，也更贴近个人经验和细节，如他给妻子写的那首感人的《催眠曲》，如以隔年吃饺子数量的递减来书写岁月的《饺子》；他甚至把小说家的“不避俚俗”和戏剧化的叙事艺术也带入诗的写作中，如《姐妹之争》等。实际上，哈金给自己定的调子从来就比较低：不是“流亡文学”而是“移民文学”，不是文化精英的流亡诗学而是生存的艺术。作为移民作家，他当然携带着超额的痛苦，但他尽力避免怀旧的感伤化，如在《注定》一诗中，他仍然梦到记忆中那个不能忘怀的人，但是，“没有哪颗星会停止运行/为另一颗原地待命”，他甚至感激这种命运，因为这给他带来了“疼痛的充实”。

在诗艺和语言上，哈金也是很有勇气的，在一个崇尚修辞和技艺的时代（这在美国和中国当代诗坛恐怕都是如此），他却尽量要求自己诚实和朴实。他不怕说大白话，只要那不是空话。但是在关键处，他却会使你心里一震，或是刮目相看（如《灾难》一诗的最后）。他的许多诗甚至不借助于任何修辞，但却有一种真切感人的效果。在诗集序言中他提到李白的“明月直入，无心可猜”。他还引用了叶芝的短语“刺透人心的词语”，以及叶芝这句话：“如果不如同一刹那涌上心来/我们的修修补补终将无济于事”。看来他的艺术目标，即是要以最质朴，也最直接的语言，道出他生命内在的感发。

早年在美国大学的创造性写作课上，哈金就受到过良好的诗艺训练，比如他的导师常对他说“hammer the line”（“锤炼每一行”）。多年来他对英语诗歌相当了解，他对当代汉语诗歌也一直保持着关注。他这样来写，既出自他的本性，也有意在喧闹的文学世界里摸索出一条自己的路，哪怕这是一条鲜有人迹的路。“我相信不同的境遇和独特的努力方式最终也会造就特别的文学”，他曾如是说。他的这部新作再次印证了这一点。作为双语写作者，他在用英语写作时身上携带着他的汉语，而在回头用母语写诗时，他身上的哈代、叶芝等同样在起着作用。这样，他的这些诗既使我们感到亲切，也感到有点儿特别。且不说其他，单说《在萨省》的这一句“你说过大部分财产／只是多余的脂肪”，这看似不经意的一句，顿时把一个人的生活“身体化”了。在我们惯见的汉语中，有这样的表达吗？

最后我想说，我很欣赏哈金的一句诗：“忠诚是条双向街。”在今天，我想几乎在每一个作家那里，如同在任何一种语言文化内部，都包含了离心力与向心力这两种力量。我们都不同程度地生活在这种内在的矛盾中。但是，有矛盾才真实，才有可能产生一种独特的文化张力和语言创造力。由此我又想到了哈金早先的《给阿曙》那首诗，在波士顿春天的隆隆雷声和雨声中，在一种同早年诗友不无痛苦的对话中，诗人甚至发出了这样的声音：“无论走到哪，／我只为同一个上帝服务。”这个“上帝”指的是什么，或意味着什么？那让我们静静地读这些诗吧。

2017年9月30日

写作，创伤与治愈[①]

尊敬的各位诗人和朋友们：

既然这次诗人大会的主题之一是“治愈”，那么，在我们的生活中就意味着有需要治愈的东西，那是什么？

1998年夏，在我做访问作家的斯图加特的一个古堡前举行了由奥迪公司赞助的露天音乐会，音乐会的最后一场是斯图加特交响乐团演奏的贝多芬第九交响乐，而指挥却是特意从以色列请来的犹太人！当音乐达到高潮时，绚丽的礼花从舞台两侧飞向了夜空，人群沸腾，香槟也开得砰砰响。但不知为什么，那一夜却是我最痛苦的一夜。我自忖，我是一个中国人，不曾经历过“奥斯维辛”，是什么在我身上痛苦？

是啊，是什么在我们身上痛苦？很多时候，我们不由得这样发问，纵然这有点明知故问，纵然我还知道这样问的徒劳。

---

① 该讲稿为应韩国诗人协会之邀在2017东亚诗人大会上的主题演讲，该诗歌盛会于2017年9月在冬奥会所在地平昌举行，主题为“和平”“环境”“治愈”，有近两百位韩中日诗人参加。

而现在，我不再问了。不是我累了，而是当历史的迷雾过去，我已渐渐看清了是什么在我们身上痛苦。创伤？是的。而这种创伤经验不仅是个人的，它也是一代人和数代人的。它构成了一个核心般的东西。它就内在于我们的身体。无论我们显得多么超脱，它定义了我们。

问题还在于，这种创伤不仅没有得到治愈，它还没有得到应有的艺术揭示。这就是为什么当我读到一些奥斯维辛的幸存者如匈牙利犹太作家凯尔泰斯的作品后，便有某种无法摆脱的东西笼罩住了我。犹如创伤复发，无法从疼痛中恢复过来一样，我一次次沉溺于这样的文字之中。我震慑于它们那难以形容的力量。我知道在接触它们的一刹那，它已在我的心中留下了永远的刻痕。

如果说到“治愈”，我看这就是治愈。它不是安乐椅上的按摩。它是迎头的痛击，是良心的折磨，是黑暗中的歌哭，是泪水的重新涌出。它还是一道光，照亮了我们自己长久以来所盲目忍受的一切。

这就是我想说的：艺术当然具有某种“疗伤”作用，但我们却不能把这种功能功利化、庸俗化。比起廉价的“安慰”、虚假的“解决”，彻底的思想更为可贵。在我前几年写的《冬日断章》中有这样一节：“在这个冬天我最大的渴望／就是阅读一只闪光的冰斧／和它带来的仁慈”。

在我看来，如果说有什么“治愈”，这就是。在我们麻木平庸的生活中，我们需要这把“闪光的冰斧”和它带来的

“仁慈”。

当然，我们也需要“超越”，需要“朝前看”。但是，正如保罗·康纳顿所指出的：“创伤后的沉默痛苦而深刻，因为创伤经历的一个关键特征便是延迟。”那么，为什么会“延迟”？是我们不得不一直携带着它，还是它自己不肯愈合？

不管怎么说，只要是“创伤”，它就会指向当下；只要是“创伤”，它就会是终生性的。因而这一切，这看似过去了的一切，正如凯尔泰斯在谈论奥斯维辛时所说：“都无法用‘过去式’表现。”

而我自己之所以数十年来不断翻译德语犹太诗人保罗·策兰，现在也有答案了，那是因为我们自己的创伤还没有完成。

有一种“治疗”，试图遗忘、化解和取消创伤，但还有另一种，就像保罗·策兰所做的那样，不仅忠实于他的创伤，挖掘他的创伤，还以他的全部生命喂养创伤，以让他的创伤生出翅膀。“创伤之展翅”，这也许就是某种可能意义上的“治愈”和“拯救”，纵然这往往也是徒劳的。

请容忍我在这样一个美好的地方谈论如此沉重的话题。我被要求谈谈“治愈”，却更多地在谈论“创伤”。我们生活在一个美丑并存、善恶难辨、绝望与希望皆为“虚妄”（鲁迅“绝望之为虚妄，正与希望相同”）的世界上，作为一个诗人，我们应该感激，应该像奥尔菲斯那样歌唱，也应该学会跳出自我，从真理和存在的多样性中来把握世界。但是创伤，我们经历的创伤，这却是最个人、最私密的东西。甚至可以说，这是唯一能够造就我们的东西。

这也就是为什么作为一个诗人，我们不仅忠实于它，还得感激它。一个隐秘的、燃烧的、时时发作的伤口，这其实是命运对一个写作者最仁慈的馈赠。

最起码，在一个虚假和自欺的世界上，正是创伤，使我们保持着对痛苦——自己的和他人的——敏感，使我们保持着爱、同情和赞美的能力（其实真正的爱都带着创伤）。更深一层看，创伤，在我所认同的诗人和艺术家那里，从来都是“源泉性的”：血与泪、热和力就从那里涌出。

创伤，不仅使我们的写作有可能成为对真实的深刻揭示，它也有了治疗、净化，甚至自我救赎的功能。我当然也迷恋文字的美丽，并希望能写出具有时代超越性的纯粹诗篇，但对我来说，正如我在《读娜杰日达·曼德尔施塔姆回忆录》一诗的最后所说：“我也只能从我的歌哭中找到／我的拯救。”

不要忘了，我们的杜甫，就是人类历史上最伟大的歌哭诗人。

当然，这一切都很艰难。忠实于自己的创伤不易，而怎样表现创伤，这对一个诗人同样是一个很棘手的问题。正是在20世纪90年代初期，我写有《见证》这样一个诗片段：“当我想要告诉你什么是真实时，我发现，我不得不用另一种语言讲话。”

这“另一种语言”是一种什么样的语言？我们又怎样才能获得这样一种语言？

多年来，我们中国诗人其实一直在探讨这样的诗学问题。

但是现在，正如我在一开始说过的，我不再问了。因为创伤无须刻意挖掘，它就在那里。它也会让我们一再感到并接受它痛苦的注视。它会作用于我们看世界的态度和方式。它甚至会训练我们的诗歌技艺。疼痛时，有人尖叫，有人会咬住牙关，有人拼命捶打，有人则试图转移痛苦。同样，当我们试图安慰一个痛苦的人时，方式也会有所不同，我们或是握着她／他的手，或是看着她／他的眼睛，当然，我们也可以试着给她／他讲一个好玩的笑话。

当我们受到充分的训练，创伤就会对我们说话了，同时也会提出它自己的艺术要求。

说实话，我们已经历了太多，也遗忘了太多。在德国哲学家迦达默尔晚年的自述中，曾这样写道："不可能像有日益增长的遗忘那样也有一种日益增长的回忆。回忆总是一种降临于人的东西，向人们袭来的东西。"

的确，回忆，如同创伤的复发，总是一种"降临于人的东西，向人们袭来的东西"。说到这里，我又回到了十多年前那个开始飘雪的初冬下午，当我在北京郊外乡村公路上开车开到一辆卡车后面时，我不由得骤然降慢了车速，一首诗就在那样的时刻产生了：

田 园 诗

如果你在京郊的乡村路上漫游

你会经常遇见羊群
它们在田野中散开，像不化的雪
像膨胀的绽开的花朵
或是缩成一团穿过公路，被吆喝着
滚下尘土飞扬的沟渠

我从来没有注意过它们
直到有一次我开车开到一辆卡车的后面
在一个飘雪的下午
这一次我看清了它们的眼睛
（而它们也在上面看着我）
那样温良，那样安静
像是全然不知它们将被带到什么地方
对于我的到来甚至怀有
几分孩子似的好奇

我放慢了车速
我看着它们
消失在愈来愈大的雪花中

诗写出后我一直被它笼罩着。“田园诗”这个诗题是诗写出来后加上去的，而它的出现似乎照亮了更深远的东西。

历史和文明一直在演变，羊依然是羊，它们一直用来作为田园诗的点缀。事实上呢，羊不过是在重复它们古老的悲惨命运。诗中写到它们在大难临头之际依然怀着几分孩子似的好奇。它们的注视，撕开了我们良知的创伤。

我甚至想问，这种注视是谁为我们这些人类准备的？

有人说这首诗体现了对动物的同情，但我们有什么资格同情羊呢——它就是我们自己的伤口！请大家注意诗一开始“像不化的雪”这个意象。它很重要，甚至具有为全诗“定音”的性质。它一出现，接下来的一切都要依据它来进行了。

这个意象，其实就来自我们自己的不肯愈合的创伤（也有人早已读出来了，说这其实是一首“反田园诗”，甚或是一首“后奥斯维辛时代的田园诗”）。

诗的最后，是一双掩映在挡风玻璃后面的悲痛眼睛。读者通过这双眼睛会看到什么呢？我希望他们看到的不仅是在飞雪中消失的运羊车，还有他们自己的生活和命运。用凯尔泰斯的方式来表述，当他们在读这首诗时，我希望他们会听到“奥斯维辛神话”就在他们自己的心底无声地呐喊。

2017年9月

答雅典《周日论坛报》[1]

问：王先生，我知道您之前来过希腊，具体说是提诺斯岛。第一个问题很简单：您现在在准备雅典国际诗歌节之行时有什么感受呢？

答：同很多人一样，我很早就向往神话般的希腊，七年前我有机会参加了提诺斯国际文学节。希腊的强烈阳光和深湛空气，巴特农神庙的不朽巨石，我在提诺斯岛黑暗的山脊上所听到的爱琴海上的伟大涛声，都曾使我的生命为之战栗。让我难忘的还有希腊的听众，他们让我感到了亲人般的亲切，每当我朗诵完一首诗，他们中有些就发出“Wow”“Wow”的叫好声，最后还走上圆形剧场和我拥抱。希腊真是一个古老而纯朴的诗的国度。

问：我读过很多关于您的东西，当然，数量比较多的是您那些被译成英文的诗。这一切是如何开始的？您是如何成为一位诗人的？有没有一个决定性的时刻？这是一个漫长的过程吗？

---

① 采访者是雅典《周日论坛报》书评副刊编辑Gregory Bekos。

答：少年时我就痴迷于文学和诗歌，但我很难说是什么时刻成为一个“诗人”的。在我的成长期间，因为时代等多种原因，我深感孤独、压抑和屈辱（这就是为什么我会翻译策兰，在那个年代，我自己就是一个小“犹太人”），诗歌的种子也就那样落在了我的心中。这是命运的奇特馈赠，它让我在寒冷中燃烧，让我流泪，只不过在那时我从没想到我会成为一个诗人。我只是爱它，需要它，命中注定要属于它而已。至于要成为一个真正成熟的诗人，这的确需要一个漫长的过程。即使在今天，我仍经常感到自己是一名学徒。要走的路，可能比从北京到雅典还要远。

问：在今天的中国文学中诗歌的地位怎么样？我这样问您，是因为您在文学界已经经历过好几十年了。

答：诗歌在“文革”结束后的20世纪80年代很活跃，一个民族被压抑的精神诉求和诗歌创造力被唤醒，那是一个饥饿的年代和燃烧的年代。那时的《诗刊》有好几十万订户，民办诗刊也到处流传。现在看来，20世纪80年代真是一个伟大的诗的摇篮。到后来中国进入商业化和大众文化时代，诗歌和严肃文学被边缘化。但在我看来这很正常，我们没有必要像保护大熊猫一样保护诗歌。诗歌自有它的读者和生命力。我也多次说过只要人心不死，诗歌就不会死。事实上，诗歌近些年来在中国又有所回暖，人们在温饱问题解决后，似乎又开始读诗了。

问：您如何看你们和中国诗歌传统的关系（比如和某一朝代诗歌的关系）？

答：同希腊一样，中国是一个有着悠久诗歌传统的国度。不过，就我们这一代人来说，最初却是以“反叛”的方式来继承这个传统的。我们在那时如饥似渴读的是西方现代文学。但是，“父亲”会回来的。随着阅历的增长，我们也在重新发现我们的传统。就我来说，楚国（也是我的家乡）的屈原、唐代的杜甫，对我影响最深最大，可以说，他们就一直活在我的身上。

问：我要强调，您是一位多产的诗歌译者。是什么刺激您翻译那些伟大的，从策兰到叶芝和曼德尔施塔姆这些西方诗人？翻译到底对您意味着什么？

答：我不是一个职业翻译家。我翻译那些诗人，只是出自爱，出自生命的自我辨认，当然，我也想通过翻译给中国诗歌带来一些所需要的东西。可以说，这也是一种“重建星空”的行为，为了让我心中的星辰升起，照亮我自己，也照亮更多的人。

问：在您的写作中另一个重要形式是散文随笔。您觉得在哪些方面您的诗和您的散文随笔相连接？

答：我写作和出版了许多评论和诗学随笔，但我不是一个批评家或随笔作家。如同翻译，这是我为诗歌工作的另一种方式。可以说，我的全部写作都是以诗歌为内核的，写作散文随笔，不过是同一个创作生命的一种“换气”。另外，这也是我向米沃什、布罗茨基这样的诗人致敬的一种方式。想想吧，他们不仅以他们的诗，也以他们富有思想洞见和精神力量的散文随笔影响了一个时代。

问：您是中国人民大学的文学教授。我很好奇您在课堂上讲什么？您的学生对您的课有什么反应？

答：我在大学里教文学和诗，就是为了让学生们“在伟大作品面前成长”，为了在他们的生命中激溅出诗的火花。学生们的反应当然不错，最起码是重新燃起了他们对文学的爱。至于他们走出校门后我就不敢说什么了，因为生活本身是一个更能影响他们、规训他们的教师。

问：在中国，诗歌是政治性的吗？在某种方式上是可以政治化的吗？还是我们只需要从诗人们那里寻找美学和精神上的满足感？

答：在中国做一个诗人如同在希腊（我猜），会受制于整个文学传统，也会受制于当代生活，这肯定也包含了政治。我欣赏的也是那种立足于个人存在而又对整个世界保持关注的诗人。如卡瓦菲斯（C.P.Cavafy），我就很欣赏他那首《等待野蛮人》。很不幸，他对他那个时代的惊人洞察和预言，在今天正一步一步变成现实。但也正因为如此，我们感到了卡瓦菲斯的了不起。正是这样的“时代之子”和“文明之子”而不是那些所谓的唯美主义者，提升了诗歌，在为精神和诗歌本身的尊严作证。

问：最后一个问题，您了解当代希腊诗歌吗？您也许读过一些翻译？

答：我受到过古希腊先哲赫拉克利特和荷马史诗的影

响。在我年轻时，也很喜欢艾利蒂斯（Odysseus Elytis）的诗。后来我读到更多的希腊现当代诗人，如卡瓦菲斯和里索斯（Yannis Ritsos），尤其是里索斯，在我看来，他是一位永远的“当代诗人”。读他的诗，我能切身感到一种生命脉搏的跳动，他的简练风格我也很赞赏。我还认识安纳斯塔西斯（Anastassis Vistonitis）等希腊诗人，并和他们成为好朋友。我衷心希望这次雅典之行能对希腊诗歌有更多的发现。

2018年9月21日

关于《告别》一诗的创作

昨晚，给在山上合葬的父母
最后一次上了坟
（他们最终又在一起了）
今晨走之前，又去看望了二姨
现在，飞机轰鸣着起飞，从鄂西北山区
一个新建的航母般大小的机场
飞向上海

好像是如释重负
好像真的一下子卸下了很多
机翼下，是故乡贫寒的重重山岭
是沟壑里、背阴处残留的点点积雪
（向阳的一面雪都化了）
是山体上裸露的采石场（犹如剜出的伤口）
是青色的水库，好像还带着泪光……

是我熟悉的山川和炊烟——
父亲披雪的额头，母亲密密的皱纹……
是一个少年上学时的盘山路，
是埋葬了我的童年和一个个亲人的土地……
但此刻，我是第一次从空中看到它
我的飞机在升高，而我还在
向下辨认，辨认……
但愿我像那个骑鹅旅行记中的少年
最后一次揉揉带泪的眼睛
并开始他新的生命

——《告别》，2018年2月7日

去年8月中、今年2月初，我母亲、父亲在不到半年内相继去世，这是我写该诗的直接背景。当然，更大的背景，是我对自己故乡的感情。

我的家乡湖北省丹江口市，处于鄂西北山区（“机翼下，是故乡贫寒的重重山岭”），更具体一点儿，是处在武当山下、汉江河畔。父母分别是中学、小学老师，我在那里出生，并度过了童年和青少年时期。

在父亲的丧事办完后（他和母亲“最终又在一起了”），我没有回我生活的北京，而是赶到上海给每年一度的新概念作文大赛做评委。“一个新建的航母般的小机场”，它处在山脊上，也的确只有航母般大小。当然，用这个比喻，也正和“告别与远行”的主题相吻合。而“飞向上海”，即从偏远内地飞向中国的东部沿海，似乎也比飞回北方更切合这首诗的“方向”（纵然我不是为了这首诗才飞向上海的）。

飞机“轰鸣着”起飞，这也是一个重要时刻。父母相继去世，我和故乡似乎有了一种“了结”之感。父母亲生前患病期间，我经常回去看他们。他们是我生命中最揪心的牵念。他们一走，也就断了我和故乡最根本的联系。我们又成了“孤儿”，但同时也有了某种“如释重负”之感。

但是，当飞机升空，机翼下展开故乡的山岭，我不仅有了一种告别故乡的情感涌动，我也更清晰地看到了从我们生命中“卸下”的一切。那时也正值一场冬雪融化之际，诗中的那些意象和细节，因而也都带上了死亡、创伤（父母的死对我们不能不是一种重创）、忍受、抚慰和复活的意味。“是山体上裸露的采石场（犹如剜出的伤口）”（诗评家荣光启在评论该诗时就注意到括号里的这个隐喻），而它历历在目。我也不得不忍受着悲痛，尽力去“看”这片我深爱的、埋葬了我的童年和一个个亲人的山川大地。

当然，不仅有远行人的回望，还包含了一种故乡的“送别”：“是青色的水库，好像还带着泪光……”（我的故乡现在成了南水北调的主要库区），而到了“父亲披雪的额头，母亲密密的皱纹”终于出现，这首诗就达到了一个高潮，对父母的感念也变成了对整个故乡的礼赞——他们已和这片山川大地融为一体，或者说，一切都化为这两个永恒的意象。说实话，写到这里时，我的泪几乎也要涌出，虽然我一直在“克制陈述”，而只用像“披雪”“密密”这样的字眼，来传达内心的战栗。

这是一首远行人献给故乡的告别之诗，它必然也包含了我对那里的回望，“但此刻，我是第一次从空中看到它”——过去我们回故乡是坐火车，后来也开车回去，家乡新建的机场开通后，我的确是第一次从空中看到故乡。但在诗中，这样写也具有了更多的含义，因为我们只有拉开距离，从一个超越性的俯瞰视角才能达成对生命的辨认。“我的飞机在升高，而我还在／向下……”我也只能这样不断地“向下辨认”。

诗写到这里，每一句都不可变动，出现了“父亲披雪的额头，母亲密密的皱纹”这样一些意象，全诗也形成了它自身的意义结构。纵然如此，它需要一个相称的结尾。因为是在飞机上，是离开故乡的远行，我就想到了人们都熟悉的世界名著《尼尔斯骑鹅旅行记》。那是一个奇异的童话故事，但也暗含了一部成长小说，因此我联想到了它，同时我用了“但愿……”这样的语气，而“最后一次揉揉带泪的眼睛”这一句，还有意运用了某种孩子气的语言（在故乡和父母的眼里，我们也永远是个孩子），对故乡做了最后的道别。

但是，正如全诗和结尾所提示的，这是告别，也是开始，是满怀伤痛的远行，但也是对更本真生命的永恒回归。我庆幸这首诗有了这样一个不是结尾的结尾。

就这样，这首诗在飞机上基本上就完成了，到上海宾馆后我稍加改动，落上了它的写作时间：2018年2月7日。

这是我献给故乡的哀歌兼赞歌，但我们还必须向前走（纵然有时还需要以泪水作为“燃料”）。所谓诗的生命，就是这样一个在不断地告别和蜕变中重获新生的永无休止的历程。

2018年10月25日

关于“诗与石头”

上海《生活》杂志：您说对“石头”的书写，是因为“命运多艰，性格较硬”，能说说早年艰苦的人生经历吗？

答：记得有位评论家（陈晓明）在评论我时说“从南方到北方，他奇怪地为北方的风景所震撼”。其实并不奇怪。我并不是典型的南方人。我出生在湖北西北部山区，青少年时又遭受过一些挫折，因此写“石头”很自然，甚至可以说是它们自己出现在那些诗中的。另外，早年爱写“石头”，这也出自我们那一代人的经历。你想想为什么在我们上大学前后会有那么多人写圆明园或是去那里凭吊？它已成了我们那一代人“心灵的祭坛”。在一场巨大的浩劫后，我们的世界里也就剩下那些石头了。

除了成长环境和人生经历，我之所以那样写石头，也可能有一些更深刻的原因，如我早年的那首《风景》，从一开始的“旷野／散发着热气的石头”，到诗的最后：“一到夜里／满地的石头都将活动起来／比那树下的人／更具生命。”记得在国外朗诵时，有听众问我为什么那样写，我回答说因为我就那样感觉，也只有那样才能写出一个“石头王国”的威力；还有听众说他联想到了美国的“西部片”。这我倒是没想到。如果说这首诗受到什么影响，它传来的，可能是岑参诗的一个回声——请想想“一川碎石大如斗，随风满地石乱走”！总之，我就喜欢这样的东西。也只有石头这样的存在，在我的成长道路上，才能对我的人生和美学构成一种切实的砥砺。

当然，每首诗中的石头可能会产生不同的含义。德国汉学家顾彬很认真，多年前他在翻译我的组诗《伦敦随笔》时就问我“……直到你从中绊倒于／那曾绊倒了老杜甫的石头”中的“石头”是什么意思？我回答他说，这里的“石头”就是石头，但它也可能指一代代人的命运吧。他点点头，不再问了。

上海《生活》杂志：您的一些诗歌写到石头（《风景》《从石头开始》《蝎子》《最后的营地》《野长城》《费罗岛，伯格曼故居和工作室》《海边的山》等，不限于此），这些诗歌和您经历的现实有关吗？现实是如何进入诗歌的构思的？

答：如果我写到石头，那它就和我的经历有关。在早年，因为我们的经历，我也只能“从石头开始”，因为这就是命运对我们的馈赠。20世纪90年代初期，因为现实巨大的压力，我写下了《最后的营地》那首诗，诗中甚至出现了“可以活，可以吃石头”的诗句。但到后来，写到石头的诗渐渐少了，写动物、植物、天气和特定环境的多了。我也不满于早期那些“石头诗”过于明确的象征色彩。我需要从中摆脱出来，重新确立“词与物”的关系，或者说，重新打量我们自己的真实存在。即使我还在诗中写石头，也像有人在评论策兰的后期诗歌时所说的，是“以地质学的材料向灵魂发出探询”。它更难以被简单定义或阐释。我在两年前有一首诗，恰好能回应你们的问题，它显现了我们曾经的经历和现在的“状态”，这其间，可能也正是一个人多少年来的生命历程：

翻出一张旧照片

那是1979年，
“文革”结束后第三年，作为一个
年轻诗人，你来到圆明园
残存的廊柱和石头间，
姿势悲壮，像是在受难……
（对不起，这样的“遗照”
让我现在真难为情。）

多少年过去了，
在北京，我很少游圆明园，
它早已不再是我自己的废墟，
我也终于像个从顽石中
挣脱出来的人；不过
有时我仍想到那里走一走，

尤其是在霜雪天；
那里安静，有冬日的光，
有燃烧过的被大雪抚慰的石头，
有刚劲、赤裸的树林
和喳喳叫的喜鹊，
有冰封的池塘和倒扣的游船，
我在那里走着，静静地想着
我这一生的荒废，
我在那里走着，已不需要
任何人同行。

“圆明园”对我们这代人的意义在以上已谈过了，该诗的后面也出现了石头，但却是“燃烧过后的石头”。对这首诗，湖北诗人夏宏有一个点评，他说得很精彩、到位，因此引在这里：

转身之间脊骨倔强地挺直着，低沉的基调中透射出峻冷而晶莹的光芒，一位领唱者走向了独吟。这首诗虽为短章，却显示出拨云见日的流程。残存的圆明园作为一段国族史的证据，不断被象征化、符号化似是它不可避免的命运，此为“顽石”。诗人以对自己两次置身于圆明园的叙说，流转了固化的象征意义和修辞。

流转而非割断，而且疼痛感贯穿全诗，从亢奋而虚妄的悲痛到静静的隐痛。时间和景观被内化为当下的自在。

二十多年前王家新曾引证过米沃什的诗句“如果不是我，那么另一个人／也会来到这里，试图理解他的时代”。“时代”逐渐向“自我”与“当下”转化，但王家新已经且依然在“艰难的冒险”中去呈示当代（知识）人流转的精神史与遭蒙蔽的灵魂史。

上海《生活》杂志：石头（山、岛、星辰……）这种意象会让您想到什么（内涵、品质……）？

答：我去年10月初去希腊参加雅典国际诗歌节，正好也到圣托里尼岛上去了一趟，写下的一些诗，有一些都和石头、山、岛、星辰这些意象有关。因为在希腊，不仅有屹立千年的雅典卫城，有巴特农神庙的不朽石柱，爱琴海上的那些岛屿，其实也都是火山岛，我就写有这样一首短章：

在一座火山岛上

带孔的火山石，像暗红的心脏

码头上，几个废油漆桶

灌满空洞的回声

我刚一登上黄昏的山顶，一颗流星
带火的陨石
直射入远方的海

它好像就来自我们的前生

“带孔的火山石，像暗红的心脏”，我真是这样感到；诗中的“一颗流星”，也出自真实经历：在圣托里尼岛上时，女艺术家阿辛娜和她丈夫开车带我去一个地方，一从山顶的停车场出来，一颗明亮的流星（其实是带火的陨石），嗖的一声，就从我们的头顶上“直射入远方的海”！阿辛娜他们对此见惯不惊，但对我，真是要浑身战栗了。阿辛娜笑着说：“它会给你带来好运。”是吗？但我宁愿想象它就来自“我们的前生”！

现在我的写作有两个向度，一是“终其一生，达到质朴”，另外就是尽力去揭示语言的可能性、生命的可能性。现在我也渐渐接受了像前生、来世、托生这样的一些观念或说法。不管怎么说，我们得摆脱那个僵硬固化的“自我”。生命就在于“相遇”，它有赖于时间的经历，也有赖于诗的生成、赠予和转化。生命，这其实就是一个对生命的发现和进入的过程。几年前我在彼得堡曾写有这样的诗句：“在彼得堡，只有在夜里／我才感到涅瓦河的汹涌”。无论写什么，诗人就是要创造出这样的一些时刻，以让我们进入生命，感受生命，并且属于生命——那当下的，也是永恒的生命。

2019年3月11日

从一次旅行开始

去年初秋，一次让我深感愉悦的行旅。当我乘坐的高铁穿过晨雾迷蒙的华北平原，我读着米沃什的《冻结时期的诗篇》（林洪亮译，上海译文出版社）。这样一位诗人对于我们这个世纪的睿智洞察，他对作为一个诗人的职责和自身存在的确认，都再次使我振奋。他在晚年为他的诗集所写的前记也说出了我自己想要表达的东西：

> 我坚信诗人是被动的，每一首诗都是他的守护神赐予的礼物，或者按你们喜欢的说法，是他的缪斯馈赠的。他应该谦卑恭谨，不要把馈赠当作自己的成就。同时，他的头脑和意志又必须警醒敏锐。……正是那种尽全力捕捉可触知的真相，在我看来，才是诗歌的意义所在。主观的艺术和客观的艺术二者若必择其一，我选择客观的艺术，即便它的意义并非由理论阐释，而是通过个人努力来领会

的。我希望自己做到了言行一致。

看上去并不新鲜（至少歌德早就说过类似的话），但这却是一位伟大诗人通过他个人的漫长道路所达到的真理。重要的是，他重获了某种出自他全部生命的虔敬。而没有这种面对诗歌的虔敬，我们的写作还有什么意义？

去年年末，在南京，一场盛大的跨年诗会结束后，我有一种解脱之感，但也不无沉痛，处在新年之始，我甚至感到“在我的耳廓上刮着的／已是万年前的冰风”（《新年第一首，想起波罗的海，想起一禾》）。正好诗会后有闲，我请他们带我去高淳探望一位诗人朋友。冬天的湖岸一派荒凉，“唯见一棵赤裸的歪脖树／细枝峥嵘，屹立于／灰色的风中”（《石臼湖边的树——给叶辉》），我一去，就被这棵乌桕树吸引住了。我甚至感到它是为我而出现的！回到北京两三周后，当我再次想到那棵树，一首诗也就那样产生了：

……仿佛我们命定会坐在它的面前
从一个我也不相信的梦中
察看它越冬的眉梢

仿佛我们也可以这样扎根
被推向冬天的刑场
或在来年更孤傲地绽放

可以说这首诗就是一个礼物，我自己也没有想到。其实我和那位诗人朋友联系并不多，但我们一见面就有一种默契，那是一种深知诗人的命运而又惺惺相惜的默契。所以，这首诗是写与一棵树的相遇，但它却由此抵及我们自身存在的更本质层面，否则，它不过是一篇浮光掠影之作。进一步说，有些诗看上去是出自机缘，但如果不是一个诗人自身的命运把他推向了这一刻，他也不可能“参与到一部作品的诞生”。

而去年9月，在天水，我还写有《访东柯谷杜甫流寓地》一诗，那更是对一种共同命运的认领，其间是沉痛感和荒谬感的混合与交织。如同有人所说，那即是我们毕生的“悲欣交集的功课”。到了我们这个年龄，写作必得深入我们内心中那些最复杂而又最难言的体验中，而诗歌之为诗歌，总要道出只有它才能言说的东西。

重要的仍是“真实”，或者说，如何达成这种“更高的真实”。我翻译过阿赫玛托娃的《一点儿地理——给O.M》一诗。诗不长，这里照录如下：

不像某个欧洲的首府
有着第一流的美——
而像是沉闷的流放，经由叶尼塞斯克，
像是在中途换了车，再到赤塔，
到伊锡姆，到干旱的伊尔吉兹，
到远近有名的阿特巴萨尔，

到斯沃博德内边区，
到这个散发着腐尸恶臭的铺位——
所以对我来说这座城市
在子夜里，有一种苍白的蓝——
这座城市，被第一流诗人赞美，
被我们这些罪人，被你。

这是一首很奇特的诗。O.M即奥西普·曼德尔施塔姆。开始我还以为这是写一种想象中的共同流放（阿赫玛托娃也的确千里迢迢前往沃罗涅日看望过曼德尔施塔姆夫妇），翻译时我还特意查看了地图，并一一标出了诗中的那些地名。但是这首诗的开头和结尾又怎么理解呢？我有点儿困惑。后来我读阿赫玛托娃晚年的回忆录，我这才明白了，或者说真正读透了这首诗：诗人原来是以一种富有想象力的方式来写他们“存在的地形学”，在绕了那么大一个圈子后，这才回到他们真正的“铺位”，回到了他们的圣彼得堡／列宁格勒。而这座给予她无穷磨难的故都，“被第一流诗人赞美，／被我们这些罪人，被你”。

阿赫玛托娃早年在巴黎生活过。她也深知威尼斯的美。但是，她却有着那些巴黎人不曾有的骄傲：不属于第一流的彼得堡，却有着整个欧洲“第一流的诗人”。他们身为“罪人”，却不诅咒，而是要含泪赞美。何谓诗人？何谓诗人的命运？我们读读这样的诗吧。

作为诗人，我们依然要通过一种富有想象力的写作来确定自身的真实存在。“散发着腐尸恶臭的铺位”，这种对自身处境的描述是多么令人震动！而从“散发着腐尸恶臭的铺位”到城市上空在子夜时分呈现的“苍白的蓝”，则同样令人惊异！这些，同样是些大师般的“存在的素描”！

该诗对我的启发还在于一个诗人是怎样来确定她／他自己的“立足点”。而要进入这个自身存在的角度并非易事。读完全诗再回头看，我们会领悟到诗中的那些地点是空间性的，但也是时间性的：一个诗人必得历经艰辛、曲折和迂回，才能真正抵达他们的所在之处！

海德格尔有一套关于“语言是说话者”的哲思。策兰当年也曾受其影响。但是，他并不是无条件接受的：“真实，这永远不会是语言自身运作达成的，这总是由一个从自身存在的特定角度出发的‘我’来形成其轮廓和走向。”说得多好！真实不会只由语言自动运作达成，而“礼物”也不是无缘无故被赠予的。米沃什提到了“缪斯馈赠”，阿赫玛托娃的诗中也常写到“缪斯”。真的有这样一种神秘存在吗？有。像米沃什、阿赫玛托娃这样的诗人，他们的卓越，就在于以他们的写作，在一个混乱、堕落的时代重新肯定了这样的存在。而它并不神秘，虽然它也体现了如德里达所说的“语言的幽灵性质”。它无非是在他们的生活和命运中、在他们全力投入的写作中响起的一个声音，而诗人听从了她的“口授”。

他们发出的，都是非凡的、真实可靠的声音。

在这个意义上，诗人是诗的接受者、参与者，而绝不可以“创造者”自居（曼德尔施塔姆从来不使用这样的概念）。他们要做的，就是为之工作和献身。让我们再次谨记。

2019年1月24日

诗歌的“内与外”

近些年来，我很少谈自己的创作。诗人的职责就是写诗，怎么看怎么读是读者和评论者的事情。另外，和早年相对成形的创作相比，我的近作还处在一个变化的过程中，我也不愿由我自己对它们进行解说。但既然《写作》杂志一定需要一个“创作谈”，我也回避不了。以下，我就从诗的“内与外”这个角度说起。

今年10月份的《诗刊》上半月刊重点刊出了我的一组诗，并加了这样一个编者导语：

> “房间”是这组诗反复出现的意象，也是诗歌发生的现场。是安全的、超脱的观察视角，也是安静的、内溯的自省空间。我们凭此理解作者的孤独与孤独的外延：我们“在房间里谈论着／一些令人沮丧的事情”“一路谈着，来到海边”（《初到石梅湾》）；“无论你的墙上挂的”是什么，“都

会成为你的自画像”，“无论你看到的”是什么，“你都是他们中的一个”（《在你的房间里》）。

王家新的诗带给读者的感动，正是来自诗人对人性的反思与理解，对世界的审视与热爱所同构的诗意张力与抒情空间，以及诗歌所回应的“深隐的痛楚、内溯的／回流和积蓄的力量”（《观海》）。

这位导读者是挺有眼光的。导语中特意提到的《在你的房间里》，是我今年元月中写下的一首诗：

在你的房间里，无论你的墙上挂的
是一匹马，还是大师们的照片，
甚或是一幅圣彼得堡的速描，
都会成为你的自画像。

而在你散步的街道上，无论你看到的
是什么树，也无论你遇到的
是什么人，你都是他们中的一个……
你已没有什么理由骄傲。

回看近年来我的诗，这首诗的确是一个“关键词”。在我家的墙上的确挂有一匹马的照片，“圣彼得堡的速描”则属想象，大师们的照片早已不挂了，不过有一张我从阿赫玛托娃纪念馆带回的诗人肖像招贴。这首诗是我在冬日的冷空气中散步回家后写出来的，它看似“灵机一动”，但却是我的全部生命历程的一个产物。

它以这种构思和笔调，显现了“内与外”两个世界。它们相互映照而又相互争辩。它的隐忍而又不无反讽的调子，也贯穿了近些年来我的许多诗。

巴赫金大概这样说过：自我是一个礼物，它从别人那里得来。而“存在”，按海德格尔的说法，也就是“与他者共存”（虽然他在纳粹时期的表现表明他并未能做到这一点）。一个诗人当然应该坚守、深化他自己的“内心世界”（那“安静的、内溯的自省空间”），但是，在我的生命中也时时响起一个声音：跳出你的自我吧。我们也只有在与他者、与世界、与事物的关联和体认中才能认出并找回我们自己。

这也就是为什么我的诗会愈来愈进入到大自然和一个“日常生活的世界”。

前年夏天我也写有《这条街》一诗。这首诗写五年多来我们为了孩子上学而在北京西边租房生活的感受。显然，这首诗也贯穿了一个写作人的内在世界和他的以“借来的尘土再活一次”的日常生活世界：

即使在写作的时候我也往往忍不住
望一眼窗外的这条街，好像它就是
两行诗之间不能缺少的空白。

“这条街”贯穿了很多经验层面，最重要的，是它触动了我内心中那些更深层的感受：爱、希望、沉痛，等等（诗人雷平阳在评点这首诗时说他甚至读得流了泪）。该诗较长，共有十四节，其最后一节是：

> 而“那条街”也就是“这条街”，正如
> “这条街”也将变成“那条街”——
> 明年我们的孩子小学毕业，我们也将搬走，
> 但多少年后我会重访这里，我们的孩子也会——
> 我童年的燕子也许会跟着他一起到来。

“那条街”，指诗前面提到的曼德尔施塔姆在流放地，或者说在他死后渴望回到的“那条街”（那几年我正在翻译曼德尔施塔姆），而它也就是“这条街”，或者说，在一种共同的命运中被“翻译”成了“这条街”。在很多意义上，一个诗人只要写诗，他就会住在“这条街”上。“这条街”贯穿了生与死、对人生的进与出，它立足于当下，但它在向记忆深处延伸，同时也指向了未来。诗歌的写作，现在于我看来，就是这样一种艺术。

多年来，我欣赏的是那些立足于自身存在而又对世界保持深切关注的诗人，我自己也一直试图通过写作和我们的时代保持一种对话关系。我自己的经历，也使我不得不学着从存在的多样性甚至荒谬性中来把握自身的命运。

而这些，不仅和打通、扩展诗的写作范围有关，也和我想写得更自由一些有关。近些年来，可以说我什么都写，从“伦敦之忆”到“在台北遇上地震”，从“翻出一张旧照片”到“晚来的送货人”，从黄河上“一座桥的历史”到在韩国的“一碗米饭”，等等。南宋严羽有学诗三节之说：“其初不识好恶，连篇累牍，肆笔而成；既识羞愧，始生畏缩，成之极难；及至透彻，则七纵八横，信手拈来，头头是道也。”（《沧浪诗话》）我不能说我现在就进入了学诗的这第三个阶段，但这就是我目前的写作状态。对此有的诗人称赞说“真是有如神助，怎么写怎么有”，但有的朋友也有点儿困惑，说“不大像是你写的了”。汉学家顾彬先生也留意到这一点，他在我的德文诗集《晚来的献诗》译后记中就称我不是一个所谓“大时代”的诗人，而是一个“人的诗人”，或是一个“随性”的诗人，等等。

在目下的中国诗歌界，人们已熟悉了奥登关于大诗人的标准：第一，是多产；第二，要广泛涉猎不同的创作题材；第三，感受力、洞察力和风格要有独一无二性；第四，在技巧方面要是行家；第五，要有变化和发展，大诗人是一个持续成熟的过程。

我无意于成为一个所谓的“大诗人”，我对这个字眼其实一直保持着警惕。我只知道要不断地往前走，要朝更深、更隐秘，也更陌异的地方走。如果说这也体现了奥登所说的“持续成熟”，一切仍来自一种自身的持久的生长力。当然，说神秘一点，这还出自命运的祝福。

多年来，我同时代的许多诗人（包括那些早逝的诗人们）都展示了强力构造一个诗歌世界的雄心，这并非不好，只是有时不免流于虚妄，或是反而妨碍了他们要达到的自由。最近我又读到诗人米沃什晚年为他的诗集《冻结时期的诗篇》所写的前记："我坚信诗人是被动的，每一首诗都是他的守护神赐予的礼物。"我为米沃什的这段话再次激动。在漫长的艺术道路上，我也愈来愈认同这样一种认知。的确，重要的是保持谦卑，是领受，是把生活的馈赠转化为诗，提升为诗。技巧之类（一个诗人当然是"手艺人"），就让专家们去分析吧。

我已经历了那么多生生死死。但是有一天，当我再次读到叶芝的"在我年轻时我的缪斯是年老的，在我年老时我的缪斯是年轻的"，我的眼睛竟然湿润了。

回到"馈赠"一说，如果说诗是领受，它所抓住的也往往只是一些片段和瞬间，不过，在这样的零光片羽中仍须体现出一个写作者对世界坚实独到的认知和态度。这就是说，这种看似随性的写作依然是有其内核的。一个没有定力的诗人，其创作的张力和自由恐怕都无从谈起。

与此相关，我喜欢"切身"这个词。与其说我们的一些写作是关于日常生活的写作，不如说是"切身的写作"。我是不会脱离自身的真实存在去写任何事物的。有位年轻评论者很敏锐地看到这一点："王家新近些年作品中的日常语言背后，仍然暗藏着他诗学、伦理上一以贯之的东西"，"如他自己所说，由一个自我的世界‘进入真理和存在的多样性中写作’，更开阔地表现了他的视野，但也更深刻地折射出他的内在争辩和隐痛”。[1]

如果按有的评论者所说，我的近作侧重于从日常生活中提取“创伤启示”，在某种程度上，这也是我受到匈牙利犹太裔作家凯尔泰斯启示的结果。而从更根本上说，这也正是向杜甫学习的结果。杜甫式的忧患和深厚的同情心，这不仅是从他的生命中源源不绝发出的“热”与“力”（顾随评语），也一直是我们创作的一个源头。去年在南京大学的一个诗会上，有位听众这样提问：“今天这个时代是否还能出像尼采那样抱着一匹马哭的人？”这真是一个可以称为“真问题”的问题！那天夜里我夜不能寐，写下了《马眼里》一诗：“马眼里，似乎永远闪着泪光。/马，不流泪时，/也在流泪……”

当然，对于这一切，还有着布罗茨基所说的“悲伤与理智”（Grief and Reason）的辩证，或者要像王国维在《人间词话》中所说的那样，对于宇宙，人生要能进能出。一两年前，我写下了组诗《旁注之诗》，组诗前我引用了曼德尔施塔姆的一句话“毁掉你的手稿，但是，保留你因为烦闷和无助而写在页边的批注”。我喜欢“旁注”这个字眼。“旁”，在边侧，在书页边，在路边，记下与我们擦身而过的事物，或是面对它的空白。我想不仅是这组诗，我们写下的许多东西，其实

① 李海鹏：《日常语言，及其幽灵——读王家新近作》，《红岩》2018年第5期。

都是某种意义上的“旁注之诗”——关于这个世界，也关于我们自己。

《旁注之诗》这组诗中的许多人物都是我曾写过的，或者说我与他们有一种血缘关系，但这一次不大一样了。这一次我拉开了距离。也只有拉开距离，正像我在第一首《阿赫玛托娃》中写到的：“现实才置于眼前”。而这一句是决定性的。没有这一句，所谓“诗的观照”就无从谈起，我也不可能“在2016年的冬天”更清晰地看到“那在1941年夏天逼近你房子上空的火星”。

《旁注之诗》目前已有三四十节（首），这是一幅重新标注的精神地图，也以一种新的方式显示了对时代说话，并观照我们自身存在的努力。它的许多片段，如用阿甘本的话讲，是以“征引历史”的方式来“回归当下”。这组诗穿越了不同的文学时空，但它仍是一个艺术整体。《旁注之诗》的最后一首是《巴赫〈赋格的艺术〉》：

在这令人痛苦的世界上，
我们指责不该有这样超脱的艺术；
可我仍忍不住去听，
当我几乎是含着泪，缓缓驶过
垃圾成山、孩子们痴呆相望的城乡结合部，
进入我贫寒而广阔的国度。

巴赫《赋格的艺术》是我经常听的，在房间里，也在“缓缓驶过”的车里，有时听得要流泪，却又给我带来超越一切的愉悦。但是，我们又生活在一个“令人痛苦的世界”上。在这首诗中，仍是“内与外”两个世界的对照。我也有意运用了这种并置和对照的手法，以道出我们内心中的争辩和那种生活于此世的复杂难言的感受。像这样的诗篇，就是我现在最想写出的。也只有以这样的写作，我们才能进入那个“贫寒而广阔的国度”。

2018年12月

“悲欣交集的功课”

毫无疑问，余笑忠是一位很优秀的诗人，但也是一位很难把握的诗人。其难以把握，倒不在于他的诗有多么奇崛、诡异和迷离，恰在于其深挚、温和、训练有素和进退有据。怎样认识这样一位诗人，袁志坚、魏天无和夏宏三位批评者都显示了他们的眼光和角度。

袁志坚的《诗人的羞愧》，径直揭示了余笑忠诗歌最内在的起源和他作为一个诗人的难得品质。而这恰好也正是我最初关注到笑忠诗歌的重要原因。十多年前读到他的《悼沙兰逝去的孩子们》，就引起我这样的羞愧。它不仅让人哀痛，更撕开了我们良知的创伤：

这人间有高处，但你们攀爬不上
你们的父亲母亲也攀爬不上
这人间有歌声，照样有歌声
但你们的嘴里含着污泥浊水
你们的父亲母亲嘴里也含着污泥浊水

袁志坚之所以能一语道出某种内在而又本质的东西，是基于多年来他对笑忠的了解：“一个心口毫无二致的苦吟者。写作之外，他不说违心话……对人谦卑再三，却绝无逢迎之意。……他是一个把所有力量都积蓄在内心的柔弱者，一个会在最后关头挺身而出的旁观者。”

当然，他不单是讲述了他的印象，也进入了文本分析：“譬如写童年经验，《他们这样屠杀一头耕牛》的末二行写道：‘我没有数他们到底是几个人／我为他们打了酒，洗了衣服’，‘我’为他们打酒、洗衣服是屈辱的记忆，他们喝酒是为了消除恐惧，‘我’为他们洗衣服是在替他们清洗血迹、消除罪证。这两行诗里的忏悔和宽恕无比沉痛、无力。”

的确，这种反观自身经验所产生的“讶异感和羞愧心”，构成了余笑忠许多诗最内在的起因。但他不是审判者，毋宁说是作为一个赎罪的替身。这与他的谦和的人格和悲悯同情心有关，也形成了他的自省而隐忍的笔调和风格。当他深感语言的无力，他甚至“为写作感到羞愧”。在袁志坚看来，余笑忠就是这样一个在“夜半醒来，泪眼看灯”的守护者。作为一个老朋友，袁志坚对笑忠深怀敬重（“一个诗歌的圣徒”），他最后的概括，对我们更多的人也会是一种警醒：“由于抵抗虚无和遗忘的羞愧感，他的写作变得自重，拒绝了虚荣的表演欲和虚假的装饰音……而更多的写作者却不敢领受这份沉重、这份理性、这份尊严……”

作为一个文艺理论教授和专业批评家，魏天无的评论则更侧重于一个诗人的诗学伦理。他的考察首先建立在对矛盾、困境的进入上："同时代诗人中，余笑忠是一位信奉'诗就是诗'的诗人，又是一位坚持'诗不仅仅是诗'的诗人。就前者而言，他笃信'让文本说话吧'，便沉默不语；就后者来说，他从不怀疑'诗即人'，写诗或'成为诗人'是人的一种伦理抉择。"

用一个老说法，这种"为艺术而艺术"与"为人生而艺术"之间的自我冲突、协调、超越与辩证，便形成了余笑忠的"诗学伦理"。魏天无对此也做出了他的直观感受上的描述：笑忠作为诗人，本身"是一个生动的矛盾体，来自此一时代又冷眼旁观它，有时又会以自身的温暖之躯拥抱冰冻、坚硬的大地。在诗中他的声音和形象是和善的、谦逊的，有如现实中的这个人；有时又是尖锐的、锋利的……"。

而在具体考察"诗学伦理"时，魏天无又着眼于"语言与现实的关系这一诗学基本问题"。《乌龟想什么》为余笑忠的名诗之一："孩子们逮住了一只乌龟／把它的身子翻过来，让它四脚朝天……"魏天无这样分析："孩子们的嬉戏是天真无邪的，但此中隐藏着不易察觉，却被心智成熟的旁观者嗅出的残酷气息。"不过，如果全诗只停留在这一点，它可能仍是平淡无奇的，诗的现实需要发明，魏天无很敏感地抓住了诗人接下来的感受："'蓝天平静、高远'是诗人宕开的一笔，由实转虚：诗人此时完全沉浸在虚构世界中。他有一种不同寻常的能力，即迅疾而隐秘地由冷静的旁观者位置移身到被观察者的处境。”而这种由诗的想象力和同情心所合力达成的感知“才是诗人在虚构世界里所要的现实”。

魏天无对诗人创作的分析富有启示性，在我看来，更体现在这样的体察中：“无论哪一种诗，都发生在语言与现实的纠结之中……余笑忠称赞袁志坚的诗，认为‘有所思的诗，不如若有所思的诗，无名的天真状态的诗’。‘有所思’即有所指，有所察，常沦为说教；‘若有所思’则处在‘有所指’与‘无所指’、‘有我’与‘无我’之间，暗示了语言和现实之间那条若隐若现的缝隙。”

而在我看来，《春游》就是一首在“有所思”与“无所思”之间产生的好诗：

盲女也会触景生情
我看到她站在油菜花前
被他人引导着，触摸了油菜花

她触摸的同时有过深呼吸
她触摸之后，那些花颤抖着
重新回到枝头

她再也没有触摸
近在咫尺的花。又久久
不肯离去

诗人写一位被人带到油菜花地春游的盲女。魏天无的解读集中在“触摸”上，因为这就是一位盲女感知世界的方式。“这也是这首诗起了一个看似庸常的标题‘春游’的原因”，他在解读时还这样提醒。“看似庸常”，实际上并不庸常，因为这个诗题的确耐人寻味，它本身即是全诗意义结构的一部分。此外，“那些花颤抖着／重新回到枝头”以及全诗那个看似平淡却又无比精彩的结尾，也都可以做更多的阐发。我本人很看重这首诗，它体现了更为成熟、老练的思想眼光和技艺（相比于诗人其他的一些诗）。它不动声色而又感人至深。他写的是一位盲女，却又道出了我们在此世界上那种难言的感受。这就是从“有所思”到“无所思”吧，一切尽在不言中。

而夏宏对余笑忠的“诗歌漫论”是另一种风格，形散而神不散。在他看来，余笑忠的“敏感”“基于个人天赋和性情”。他抓住了诗人在感知现实时那种由外及内的“自反性”，这种高度的自省，“免不了要考验隐忍者的意志力和打探出路的能力……”

这些，都抓住了余笑忠诗歌中一些精神结构性的东西。夏宏像袁志坚那样，也深深感到了诗人余笑忠的那颗“羞愧之心”：“我只知道再写下去／就有说谎的可能”（《荷花之外》）。夏宏的“漫论”是感性的，“一种在伤痛、郁结甚至悲悯之外的光亮，时常萦绕在他的诗行间”，但又是富有洞见的，他指出在笑忠的诗中“理智与情感、审美与道德、社会与自然之域相贯连，当你指认是它、是它们时，又像不是，似幻又似真，因为它们之间的障碍不知不觉地被诗（诗人）穿透了”。对此他具体论述了《二月一日，晨起观雪》这首诗，从诗一开始“不要向沉默的人探问”，到“早起的人看到清静的雪”，再到“盲人在盲人的世界里”，直至诗的最后“我后悔曾拉一个会唱歌的盲女合影／她的顺从，有如雪／落在艰深的大海上／我本该只向她躬身行礼”，诗人一步步转换，引人进入他的“沉默诗学”，夏宏由此指出：“此诗中观雪而自反的‘我’领悟到‘沉默诗学’的艰深与慧通……化解障碍，也会是某些诗人毕生呈现的悲欣交集的功课。”

“悲欣交集的功课”，真好！一语道出了像笑忠这样的诗人和修行者一生的追求所在。

是的，夏宏道出了我们的某种共同感受。“悲欣交集的功课”，这正是一个诗人走向成熟时所面对的功课，也是我们在面对世界和自身存在的全部复杂性时不得不去学的一门功课。杜甫的很多伟大诗篇，就是“悲欣交集”的结晶（如他那首《醉时歌》：“但觉高歌有鬼神，焉知饿死填沟壑。”）。笑忠的创作，以其不断“化解障碍”的努力，正在日益接近这样的境界。读他的诗，我们的确如同来到油菜花前的那位悲欣交集的“盲女”。我们“触摸”“呼吸”，再也说不出什么，却又“久久／不肯离去”！

2018年12月

我们所错过的布莱希特

贝托尔特·布莱希特（Bertolt Brechte，1898 ~ 1956），德国著名诗人、戏剧家，生于德国南部奥格斯堡，学生时代即开始写作，并投身于社会活动。1933年，他的书籍在柏林被纳粹分子焚烧，他自己携家人逃亡国外，两年后被纳粹政权取消国籍。他先后在奥地利、瑞士、法国、丹麦、瑞典、芬兰等国流亡，1941年获得美国签证，辗转经苏联海参崴逃亡美国。在美国由于被怀疑是共产主义分子，曾受到讯问。1947年从美国返回欧洲，并于次年定居于东德地区。在东柏林，布莱希特主要投身于戏剧活动，1951年因其戏剧贡献获国家奖金，1955年获列宁和平奖金，但他独立的创作个性也使他与当局“指令式”的思想控制不时产生冲突。1956年8月14日，布莱希特因心脏病逝世，其时他正在研究贝克特的《等待戈多》。

布莱希特的戏剧理论与创作对现代戏剧产生了巨大影响。他力图摆脱传统的戏剧模式，创立一种能够反映现代社会的复杂性和矛盾性的新型戏剧，即他所说的“史诗戏剧”，其代表作有《三毛钱歌剧》《伽利略传》《四川好人》《高加索灰阑》等。布莱希特最具有开创性意义的戏剧理论和方法，集中体现在他的“陌生化效果”（Verfremdungs Effekt）上。“Verfremdung”在德语中具有间离、疏离、陌生化、异化等多重涵义。布莱希特希望据此打破剧场幻觉，让观众能够拉开距离冷静思考，并激发人们变革社会的热情。

诗歌一直是布莱希特创作生涯的重要一翼，虽然他生前发表的诗作并不多，他的大量诗作在他死后才陆续出齐，但他作为20世纪德国最重要诗人之一的地位并没有被他在戏剧方面的声望所完全遮盖，他的诗也愈来愈被人们所看重。我手中的由米切尔·霍夫曼（Michael Hofmann）编选的费伯版《二十世纪德国诗选》（2005年），所选最多的就是布莱希特的诗作（共十五首），远超过里尔克、特拉克尔、本恩、策兰等诗人。

不过，重新发现布莱希特的诗对我来说却属于较晚的事，是我自己后来的生活和写作把我渐渐推向了这样一位诗人。记得在20世纪80年代我就读过一些译文，但那时我们还年轻，还体会不到布莱希特诗中那独特的腔调和刺人的老辣。2006年获奥斯卡最佳外语片的德国电影《窃听风暴》，使布莱希特作为一个诗人又回到我们中间。电影中，前东德特工维斯勒奉命监听作家德瑞曼。监听过程中，他逐渐同情起他的监听对象。他潜入德瑞曼的公寓偷出一本他在监听时听过的诗集回家后读，那诗集上印着的诗人名字是“Brecht”，他读到的正是布莱希特的早期爱情名诗《回忆玛丽·A》[1]：

在那一天，在蓝色的九月，
在一棵年轻的李树下，
我静静地搂着她，我的爱，
像搂着一个梦，苍白而又温顺。
在我们的上空是夏日可爱的苍穹，
有一团云，我看见它就在那里，
又洁白，又缥缈，高高地远离我们，
当我再次抬眼，它不见了。

自从那一天，一个个月亮
静静地在天空滑行，滑落下去。
那些李树现在肯定都被砍掉了，
而如果你问，那场爱又怎么了？
我回答说，我已无从追忆。
我知道你的意思，我当然知道，
但是她的脸，说实话，对我已经模糊，
我所知道的，是那时我吻了它。

甚至那个吻我也早已忘记了，
除非那朵云也浮现在那里。

① 本文中所引布莱希特的诗皆为本人所译。

我记得那朵云，永远会记得，
它很亮，很高，当它在空中飘移。
谁知道，也许那些李树还在开花，
那个女人有了第七个孩子，
而那朵云只被镀亮了几分钟，
当我再次抬头，它已在空中消散。

这的确是一首让人难以忘怀的好诗，在电影中它唤起了一个秘密警察的人性，它当然也唤起了更多的观众关于逝去爱情的动情记忆。记得那时在豆瓣网上，就出现过多种《回忆玛丽·A》的中文译本。但是，纵然如此，我仍没有充分认识到布莱希特的诗歌对于我们当下这个时代的重要意义。直到七八年前，我编选一本诗选，读到我约译的由芮虎翻译的一大组布莱希特的诗，我才受到更深的震动，并对这位一直在我们视线之外的诗人有了更多的发现。

首先让我震动的，是他对恐怖言说的良知和勇气（“这是什么样的时代，当／一场关于树木的谈话也几乎是犯罪”——《致后来的人们》），这使他成为他那个时代最勇敢、独异，也让任何当权者都难以对付的声音。诗人奥登曾在诗里说希特勒迫使他思考上帝，布莱希特用的语言则更为真切：只有那个油漆匠（指希特勒）促使他坐到桌前（写作）。他在流亡时期写下了他自己也是他那个时代最好的诗。写作成为他必需的掩体、武器和逃亡工具。我贪婪地读着他在逃亡路上写下的每一首诗，它们在今天依然是那样真切、独到、灼热。

但是布莱希特的充满政治性和社会性的诗从不那么简单，他深具诡异的智性和反讽的精神。这又是让我深为佩服的一点。他一生为底层讲话，抗议社会的不公，抨击权贵和黑暗势力，但他的诗从来没有那种英雄或精英之感。他对社会、时代、人性和资本主义文明的批判，更多采用的是讽刺和戏谑的方式。他的诗，机智、尖锐而又幽默，充满了丰富的张力。

而在今天读布莱希特的诗，我再次感到他的时代并没有过去。与此相关，这里还要多说一句：布莱希特从来不是那种“为永恒而操练”的纯诗主义者。在这方面，他与他所喜欢的新乐府运动倡导期间的白居易一拍即合：“文章合为时而著，歌诗合为事而作”（白居易《与元九书》：“自登朝来，年齿渐长，阅事渐多，每与人言，多询时务，每读书史，多求理道，始知文章合为时而著，歌诗合为事而作。”）。这是他对自身时代和命运的忠实，也是一个诗人所能达到的超越。本雅明在解读布莱希特《关于可怜的B.B》一诗时，就曾抓住诗中第八节中的一个字眼“Vorläufige”（临时的），称这样的临时的“补缺者”，也许正是时代的“Vorläufer”（先驱者）。

让我佩服的，当然还有他的艺术勇气和才能。正如他在戏剧上的革新，他在诗歌写作上也堪称独树一帜。他一开始就同那种在德语诗坛占主流位置的象征主义、表现主义诗风拉开了距离。他似乎也从来不理会那一套关于“纯诗”的“行话”。他愈写愈自由，也愈来愈充满了个性。对他来说已没有任何忌讳，什么都可以入诗，如他写的许多惊人“情诗”：

哦你不会知道我在忍受什么
当我注视一个女人
摇动着她的黄色丝绸裹紧的臀部
在那傍晚的蓝色天空下。

——《哦你不会知道我在忍受什么》

而在写法上，怎么写他也都“不在乎”，只要能真实地，并且是不同寻常地道出他的内心。布莱希特受到过马克思历史唯物主义的影响，似乎他也要写出某种“用事实讲话”的诗，比如他这首《我，幸存者》，就不借助于任何隐喻和意象：

我当然知道：这纯属运气
在那么多朋友中我活了下来。但昨夜在梦中
我听到那些朋友这样谈论我：“适者生存”
于是我恨起我自己。

美国女诗人简·赫斯菲尔德在《秘密二种：论诗歌的内

视与外视》中就很称赞这种不假修辞的诗歌。但这种“直陈其事”并不直白，它不仅有一种良知的愧疚和刺痛感，而且感人，读后让人不能平静。它简练、直接而又复杂、隐曲，非一般诗人可以写出。它只能出自布莱希特这样的大手笔。

因此，好像是补课一样，今年六月上旬去柏林朗诵期间，我最大的愿望就是访问布莱希特的故居和墓地。我的德国朋友蓓姬（Peggy Kames）帮我实现了这个愿望。诗人的故居保存完好，如他生前的藏书、用品、家具、打字机、墙上悬挂的日本面具、花园里他写过的多种树木等。令我感到亲切的，是墙上的中国书法、《先师孔子行教图》，还有卧室里悬挂的一幅中国卷轴画，画的是钟馗，坐在椅子上，身体前倾，双目圆睁，画幅上还题有诗句：“湛湛空灵地，空空广大缘，百千妖孽类，统入静中看。”对布莱希特来说，正是这样一个来自古老东方的“疑虑者”，在静观和校正他的人生（他曾专门就此画写有《疑虑者》一诗）。当然，人们还知道他与中国诗的关联。布莱希特流亡丹麦期间就曾借助阿瑟·威利的英译本《中国诗歌170首》翻译了七首中国古诗，他尤其偏爱白居易的“秦中吟”这类抨击时弊、同情民间疾苦的讽喻诗。他不怕把诗歌写得通俗，他尤其赞赏“秦中吟”那种令权贵“相目而变色”的诗歌效果！

诗人的墓地就紧挨着旧居。从诗人故居的花园围墙外走过，就来到柏林著名的多罗延公墓。偏僻的墓园一角，一块立着的灰白棱形花岗石上刻着布莱希特的名字（旁边则是其妻、著名演员海伦娜·魏格尔的墓碑），没有其他装饰，甚至连生卒日期也没有（其斜对面则是哲学家费希特、黑格尔庄重高大的墓碑）。这是一位斗士（“奋起与恶龙搏斗”，见《女演员在流亡中》），同时又是一位智者。一块石碑，像他的整个人生那样简朴。正是在那里，我不禁想起了他那首名作《致后来的人们》（绿原先生等人译为《致后代》）中的诗句：

你们这些将从我们沉没的洪水中
浮现出来的人
请记住
当你们说起我们的种种弱点
你们是摆脱了
这个黑暗的年代。

这是一首让我深受感动的诗，好像它就是为我这样的“后人”而写的，或者说这才是我们这一代人应写出的诗。是啊，我们写诗，并且力求写出美丽、纯粹、具有时代超越性的诗，但我们又怎样对自己的一生做出一个“交代”？我们是否对得起自己时时刺痛的良心，而未来的人们在想起我们时是否会“带着些宽容”？就这样，我在那座简朴的花岗石墓碑前静静地待了七八分钟，或者说，我又不得不思忖起我们自己的一生。

2018年8月

关于长诗及《回答》

长诗应该有一种更复杂的结构，有足够的时间经验作为支撑，有多种不同的相互交织和争辩的声音来推动它前进。或者干脆说，长诗需要“动用”我们的一生。

具体到《回答》，这是1997年冬天我在斯图加特郊外一个古堡做驻留作家期间写的一首长诗。那时我已年过四十，经历了很多，时代的巨大动荡和个人生活的重创，使我又来到一个极其艰难的人生关口。在那些日子里，一种难以言说的沉痛，使我经常在夜半醒来。我意识到我的生活本身在期待着“回答”。我也必须深入我和我们这一代人的真实命运而达到某种精神的回归——如果可能的话。

这首长诗我写作和修改了一个多月，时常写得泪流满面。它不仅是一首不可能的挽歌，正如许多人看到的，它也是一首不可能的赞歌。我感谢这首长诗，不仅在于它“挖掘”和“总结”了我的一生，也帮助我在精神的长夜中朝向了一次艰难的超越。它把我带到更伟大的生命存在面前。

《回答》发表后，很快有了不同的反响和评价，都很强烈。很多人说他们深受感动和震撼，有人甚至流泪把这首三百多行的长诗全抄了下来，但也有人认为它“不是诗”。原因可能在于我完全打破了他们对诗歌的固有观念。但是对我个人来说，这不仅是我必须写出的一首诗，也是需要有巨大的艺术勇气才能写出的东西。诗人牛汉曾拉着我的手说：“家新，这样的诗一生只能有一首啊。”是的，我知道。

在这个意义上，真正能够“站住”的长诗，其实都是墓碑。

2019年5月7日

“只有真实的手写真实的诗”

——与青年诗人谈诗

大家下午好。两三周前我在给复旦大学的青年诗人王子瓜的一首诗《在洞头》里，引用了张枣的一句话：“既然生活失败了，诗歌为什么要成功呢？”那是张枣一篇谈“元诗”的文章。谈到最后，他突然冒出了这句话。说实话，这是张枣所有诗文中让我最受震动的一句话。

现在我又想到了这句话，只不过比张枣当初说这句话时心情更为沉痛。

其实“失败”这个词都不足以形容。我们在座的一些诗人，已在诗歌的路上走了四十年了，多多要更早。但又怎样呢？所以那首《在洞头》写到最后也只能“流泪”（当然，是在心里流泪）：“我们流泪，听着大海的冲刷声。”

所以我们要承认失败。胡桑刚才谈到诗人的自我装置化问题，说一些人对“元诗装置”有点儿过于迷恋。的确如此。这次请来参加工作坊的青年诗人都不错，照外人看来大都属于“学院派”，即使你们自己否认。因为你们大都处在这个时代某种学院知识气候下，写诗也都比较注重修辞和技术。我这不是说你们，不过最好还是破除对“元诗”的迷信，在今天，那已成为一套让人昏昏欲睡的“诗歌行话”了。你们应该早已过了这个学艺的阶段。

我并不否认“元诗”这个概念本身。其实这正是我们在20世纪80年代要解决的根本问题，也就是要从多年“工具论”“反映论”的支配下摆脱出来，重建诗歌本体、语言本体。这一段时间我在写关于策兰的一本书，策兰在诗中写到“来自一棵树，也来自围绕它的森林”，可以说，这就是策兰的“诗观”。我在今天仍会强调这个“一棵”，因为它构成了诗的本体。这是一棵使诗得以立足的树，否则一切都免谈。只不过我从来不用“元诗”“先锋”这类概念。我自己的写作当然也一直包含了对诗歌、语言和写作本身的追问与思考，但这不应成为一种刻意的姿态。我至今仍感谢我们在20世纪80年代所受到的现代主义的艺术洗礼，我也会永远坚持文学本身的自律性，即使它在与他律性的社会发生纠缠的时候。但是这一切，都只是问题的一个方面。

另一方面呢？这里先从技艺问题说起。我当然也看重技艺，一个诗人在成长的过程中必得经过严格的技艺训练。上次的座谈中我也说了，即使在大师的身上也带着一个“学徒”，塞尚就说过在他年老的时候才知道怎样画天空。我们一生也都是这样一个学徒，也都得不断地聆听语言对我们的教诲。洪子诚老师、在座的张桃洲等人都专门探讨过“手艺”问题，也值得探讨。但是策兰却说过这样一句话——“只有真实的手写真实的诗”，不知你们是否留意过？或是否引发过你们的思考？

这也就是歌德在对其一生回顾时所说的“诗与真”的问题。没有“真”做担保，一首诗即使写得再有技巧，会不会有持久的生命力？它能否站得住？

再看看我们今天，我们能否用一双消费时代的手、小资调调的手、人工智能的手、无关人生痛痒的手，写出这种真实意义上的诗？

两天前和你们谈诗时，我还引了我译的美国女诗人简·瓦伦汀的两句诗：“别去倾听词语，它们只是一些你言说之物的小小形状。它们只是杯子如果你口渴。但是你并不口渴。”你们现在的技术都不错了，起点也比我们年轻时要高，但问题是：你们在写作时究竟是否感到了“口渴”？

我记得当时这样问时我重复了两遍。因为很可能，这正是当下写作最要命的问题。不错，什么都有了，写作上也训练有术了，但你们是否感到了“口渴”？

上次我们还谈到鲁迅的《呐喊》，其实这部小说集中并没有一篇题为“呐喊”的作品。鲁迅为什么要这样？是不是他视他的写作为那个年代不得不发出的呐喊？没有那种历史真实作为担保，他的作品在今天是否还有生命力？

在座谈中王东东谈到了刘勰。我记得刘勰在《文心雕龙》里就批评过某一时期的诗风，认为是“比风日盛，兴义消亡”。这就是说，“兴”永远是第一义的，你得有这种生命内在的真实感发才行，不然真的会导致诗歌之死了。

诗是语言与心灵的相互寻找，写作也总会遇上一些严峻的时刻。就我个人而言，我很感谢20世纪八九十年代我们所经历的一切。那种震撼，真如叶芝的诗所说：“既然我的梯子移开了／我必须躺在所有梯子开始的地方，在我心灵的杂货铺里。”

如用你们现在的术语讲，我们以前所借助的“元诗装置”或梯子移开了，它不管用了，或失效了，不能应对我们写作中更重大，也更内在的问题了。它被“命运之手”无情地挪开了。

在我近年写的一组诗《狄欧根尼斯的灯笼——献给曼德尔施塔姆》中，也还有着这样一节：

> 见习期结束了，你终于明白：
> 只有以一个瘸子的步态，
> 才能丈量这坎坷的大地。

的确，“见习期”结束了。我们由此才真正进入我们作为一个诗人的命运。刚才西川谈到奥斯维辛展览馆里那四吨犹太人的头发。我没有去过奥斯维辛，但我参观过慕尼黑附近的达豪集中营，看得我两眼发黑，喉咙梆硬，想哭都哭不出来……

为什么会这样？西川还谈到他在印度看到孔雀在垃圾堆里翻找食物时的观感，感到他自己“过了一个坎儿”。为什么他会看到而别人没有看到？显然，这一切也和他自己的内在经历有关。

“过了一个坎儿”也可能就是过了“纯诗”那个“坎儿”吧。在刚才，苏丰雷还提到阿多诺那个“奥斯维辛之后写诗是可能的吗”的论断。不管怎么看，在奥斯维辛之后，还有什么“纯诗”吗？你这样写还写得下去吗？从古希腊以来，人们一直认为哲学的起源是惊奇，但到了阿多诺，哲学的缪斯可能不再是惊奇，而是恐怖了。

所以说，在我们后来的写作历程中，都经历了一场深刻的“语言的自我批判”，经历了“否定之否定”那样一种艰难的诗学历程，最后在诗与现实、艺术与伦理之间达成了一种如李海鹏在他的论文中所说的“辩证装置”。不然我们就很难重新开始。

问题是，这种危机感也不是一时的，它会不断地纠缠着我们。“既然生活失败了，诗歌为什么要成功呢？”张枣的确很敏感。他也有他的矛盾，有他对现实的痛感。但是他的写作有点儿往后撤了。他未能充分正视、发掘他的矛盾，也不能有效地重建一种富有张力的诗学，不能从危机中有一个新的开始。所以他后来干脆就不写了，或写不下去了。

张枣是有语言天才，但很可惜，他还不是阿多诺所说的那种“批判性的天才”（这是阿多诺对晚期贝多芬的形容）。也可以说，“元诗装置”是个好东西，但它还必须把对自身的批判和反思也包含在内，不然它不会成就一种伟大的艺术。

我曾在上次座谈中提到张枣对我讲的最后一句话：“家新，我是江郎才尽了。”那是在他逝世几年前，在一次聚会的大阳台上，他端着酒杯对我重复说了两遍。一个这么有才的人最后这样讲，我们真得好好想一想。

海鹏刚才发言中讲到“汉语性”。张枣在这一点上也限制了自己。他只谈“汉语之甜”。其实真正伟大的艺术都是酸甜苦辣，悲喜交集的，像我们杜甫的诗。单讲“汉语之甜”就限制了审美的幅度和深度，回到传统的文人趣味，感官愉悦，而很难应对现实，并对灵魂讲话了。

上次我们在谈“技术”时还引了黄庭坚的名句“桃李春风一杯酒，江湖夜雨十年灯”，可以说很“工”，但是杜甫的“但觉高歌有鬼神，焉知饿死填沟壑”，不仅很“工”，而且“有神”了，他真是进入了一个悲喜交集、有惊人创造性的境地。或者说，他的诗绝不仅仅是辞章之事，而是和他的生命真正贯通为一体了。

刚才唐晓渡谈到现在的一些诗都太光滑，翟永明也认为缺乏一些“危险”的东西。前两天在喝酒时我对海鹏、陈翔也谈到“玫瑰”应该有“刺”：“你们能不能给我来根刺？”你们来那么一句，让我受点震动和刺激，感受到你们对世界、现实的态度，那可能更是一种诗的能力了。

作为一个诗人，我当然很尊重张枣。我关于张枣的第一篇评论还是在1987年写的，题目就叫“朝向诗的纯粹”。张枣的诗写到最后，写得很精致，也写到一个极致，写到可成年轻人“范例”的程度。但他写不下去了。这种写作，可能缺乏来自自身的生长力和自我批判、变化的能力。问题在什么地方？“生活失败了”，但是难道杜甫的生活就不失败吗？

刚才欧阳江河提到“晚期风格”。这个概念我们还是要慎用。且不说年轻诗人，在我们这里谁能够进入这个“晚期”？卞之琳先生不能进入奥登的晚期，冯至也不能进入里尔克的晚期。北岛嘛，早就是那个样子了。

“晚期风格”不是一个时间概念。它是一种“特殊的成熟性”，甚至是一种如阿多诺所说的“灾难般”的成熟。它不同于古典风格的圆满、和谐。其实，阿多诺的“晚期风格”是“否定性”和“批判性”的，它始于矛盾、困境和对已“完成”的不满意。它意味着从危机中重新开始，重建与语言的紧张关系……

诗歌即这样一条艰途和远路。希望在座的年轻诗友多一些耐心，也更多一些勇气，有时也需要从某种圈子和风气中跳出来，像策兰那样，真正有勇气走上一条“远艺术”的路。何谓“天才”？我记得维特根斯坦这样说：“天才就是依靠勇气去实践的才能。”

2019年7月

一个时代的诗歌见证和记忆

——纪念《诗歌报》（1984～1999）

说起《诗歌报》，我唯有感谢和怀念。从20世纪80年代到现在，我已在诗歌路上走了三四十年，说起和国内联系最多，也最"深刻"的诗歌报刊，首先就是《诗歌报》——它伴随我们这一代人走过了一个令人难忘的诗歌年代。

20世纪80年代是一个民族的精神诉求和诗歌冲动被唤醒的年代，是一个伴随着"阵阵春雷"的年代。对我们这一代人来说，那是一个召唤我们、让我们为之献身的诗歌年代。《诗歌报》在那个年代应运而生，对推动中国诗歌尤其是"新诗潮"的兴起和发展都起到了不可估量的作用。

那时我在北京《诗刊》从事编辑工作（1985～1990）。平心而论，20世纪80年代前后的《诗刊》是它办得最好、最有影响的一个时期。纵然如此，我自己更赞赏和认同《诗歌报》的青年性、探索性、民间性、开放性。比如说，海子的诗我送审过许多次，《诗刊》最后只发出来两三首，但是《诗歌报》就不一样了。任何有才华的青年诗人很快就会被《诗歌报》发现并大力“推出”。

更重要的，是我们能在《诗歌报》那里感受到一种能够激发我们的诗歌精神和诗歌活跃氛围的存在。

众所周知，20世纪80年代最重要、最有影响的诗歌事件之一，就是《诗歌报》和《深圳青年报》于1986年10月联合举办的“现代诗群体大展”（《诗歌月刊》刘康凯给我发来图片，我发现我被编在大展“跨省朦胧诗人”一栏）。该大展的发起者和编辑们，以巨大的勇气推进了“第三代诗歌运动”，给诗坛带来了新的蓬勃活力。在这之后，我也应邀参加了《诗歌报》1987年1月5日在北京举办的青年诗人座谈会。这时的《诗歌报》发行已高达十万份了。

让我难忘的还有《诗歌报》于1988年上半年举办的首届探索诗大奖赛。我和魏志远、陈超、钱叶用四人受邀担任评委。评选当然是无记名严格评选，向以鲜获特等奖，杨黎等获一等奖，沈天鸿、尚仲敏、柯平、南野、吉木朗格、贝岭、廖亦武等人获二等奖，较公正地体现了当时“探索诗”的发展状况。6月初我还去黄山参加了颁奖活动，高山上雨雾湿冷，但各路好汉们一个个豪情万丈。从安徽回来后，趁着那一阵余热，我还应约给《诗歌报》写下了《从“探索”谈起》一文。那是《诗歌报》的黄金时期。

当然，当一个轰轰烈烈的诗歌年代进入尾声，《诗歌报》也见证了它更严峻的甚至“悲情”的时刻。1989年4月21日，《诗歌报》总第111期，即是骆一禾、老木、西川关于海子的讣告，讣告的最后一句是“愿海子勇敢和圣洁的灵魂安息”。同期还刊有海子的《秋》《九月》等遗作。说实话，那还是我第一次读到海子的《秋》一诗：“秋天深了，／神的家中鹰在集合／……该得到的尚未得到／该丧失的早已丧失。”

这里我还想起了：1992年到1993年间我在伦敦，有一次我蹲在阁楼地板上整理从国内带去的一些书、资料和文稿，就是这期已有些发黄的《诗歌报》上海子的《秋》竟又出现在了我的眼前：“秋天深了，王在写诗／在这个世界上秋天深了……”在那一瞬我真是泪流满面。我没想到我把这一期《诗歌报》，或者说把海子也随身带到异国他乡来了！

回到1989年，在刊发海子讣告和遗作的下一期，《诗歌报》总第112期（5月6日）还刊出了我的《诗歌——谨以此诗给海子》和《终曲或开端》两首诗。很可能，这是那时最早公开发表的悼念海子的诗。这首诗今天看来过于直白，但在当时的那种精神状态下，也只能那样写了：“诗歌，我的地狱／我的贫困，我的远方的风声／我从来没有走近你／我的城堡／我的从山上滚下的巨石”，而全诗的最后一节是：

诗歌，我的死亡
我的再生，我的不再存在的奇迹
你夺去一切，你高高在上
你俯下身来
给我致命的一击吧

现在，我是世界上，最后一个
向你祈求的人

“八十年代到海子为止”，曾经不止一人这样说。从某种意义上看，也的确如此。一个熊熊燃烧的诗的年代过去了。《诗歌报》见证了、参与了，也推动了这一切。

而在接下来多少有些令人沮丧的年月里，《诗歌报》仍在伴随着那些默默坚持的诗人和诗的读者们，成为他们精神的家园。1992年以后，中国社会全面走向市场化，商业文化和大众文化兴起。那是一个严肃文学退居“边缘”并经历着巨大危机的年代。我那时旅居英国，但仍和《诗歌报》保持着联系。那时《诗歌报》已改成《诗歌报月刊》，约请我开一个“域外诗坛”栏目，并于1993年第2期和第7期相继刊出我在伦敦写的诗歌随笔《岸》和《诗歌的边缘化与边缘化的诗歌》。在《岸》的开头我引用了北岛早年的诗“我是岸，我是灯火……”说实话，在那时对我来说，《诗歌报》也正是一个远行人的“岸”和“灯火”；在《诗歌的边缘化与边缘化的诗歌》中，我还引用了布罗茨基评价沃尔科特的话：“与众所相信的相反，边缘地区并非世界结束的地方——而正是世界阐明自己的地方。”我希望以此能给处于“边缘”的中国诗人们带去一些精神的激励。

而在《岸》中，我还谈到在伦敦读到英译版茨维塔耶娃《约会》一诗的经历（“我读着这诗，我经受着读诗多年还从未经历过的战栗，我甚至不敢往下看……”），从它的开头“我将迟到，为我们已约好的／相会，当我到达，我的头发将会变灰……”到它的最后“我赋予我的爱于你：它太高了。／在天空之上是我的葬礼。”就在该文中，我附上了我对该诗全诗的中译。

我也没想到，该诗在后来产生了那么强烈的反响。多位年轻诗人，如唐不遇、曾蒙等人，都曾专门谈到读这首《约会》时的经历：“当我在《诗歌报月刊》上读到由王家新翻译的这首《约会》，我完全被震惊了。……如炼狱般激荡灵魂……”①

我要感谢的，还有《诗歌报月刊》在1995年第1期、第2期上破例连载了我的长篇访谈《回答四十个问题》。这是我1993年在伦敦时对诗人陈东东书面提问的回答，涉及许多重要诗歌问题，之前只在陈东东主编的民刊《南方诗志》上刊出过。它在《诗歌报月刊》上公开发表后，且不说它产生的广泛反响，我也感到我对我们这一代人的诗歌历程有了一个“交代”了。

这就是我与《诗歌报》的因缘。且不说在上面的发表和对其活动的参与，更深一些来看，它是一份和我们这一代人有着精神上的“血肉联系”的刊物。它和一代人的“诗歌青春”联系在一起，和我们的希望、眼泪和奋斗联系在一起。我会永远记住它给我们的支持和激励。我也深深感谢它的主编和

① 曾蒙：《在天空之上是我的葬礼》，《青春》2016年第3期。

编辑们：严阵、蒋维扬、姜诗元、乔延凤、祝凤鸣等。

当然，远远不止我一人怀有这样的情感和记忆。《诗歌报》已停刊很多年了，后来新起了不少诗歌刊物，互联网时代也有大量诗歌平台，但仍有很多人珍藏着这份刊物，珍藏着他们对一个诗歌年代或对自己青春的记忆。因为我自己无数次搬家，很多东西都已失散，但是，只要我想找当年《诗歌报》上的东西，很快就会有诗人从网上传来照片！

还有一次，湖州诗人石人给我发来了他保存多年的我和沈睿合译的“默温诗五首”的剪报照片，就出自1988年10月21日的《诗歌报》。我都忘了我在上面还发表过译作。是的，那是我早年的翻译，“仿佛事物的根裸露出来／在收获的苍白中／除了我自己我没有影子”（默温《在夜晚眺望东方》）。是的，那正是一个与我们自己的过去“相遇”的时刻！

2019年10月17日